人生、しょせん気晴らし

中島義道

文藝春秋

人生、しょせん気晴らし／目次

装丁　永井　翔
カバー写真　田辺　彩

人生、しょせん気晴らし

「自由な生き方」という気晴らし

趣味の食卓

陶磁器には特別の思い入れはない。ただ、これまで旅をするごとに、奈良の赤膚焼《あかはだやき》や倉敷の備前焼《びぜんやき》や萩の萩焼《はぎやき》など、安価で気に入ったものを買い集めてきた。私は日本酒が好きなので、揃えるのは主にぐい呑みである。冷酒を呑むには、普通の杯（お猪口《ちょこ》）では小ぶりすぎ、いかにもみみっちくて風情がない。酒はやはりおおらかな気持ちで「ぐい」と呑み干さねばならない。なみなみと注いだ銘酒の香りを味わうには、呑み口が広いほうがいい。ぐい呑みは唇に当たる感触が大事なので、全体に少し厚みがあり暖かい感じがよく、お酒の色が充分わかるほど白っぽいのがいい。数年前に萩を訪れた折り、若手の作家によるサイコロのようなぐい呑みを買い求めたが、ごつごつした形に乳白色の上薬《うわぐすり》がまろやかに溶ける感じがなかなかいい。この前博多に行ったついでに唐津に寄り、深い薄緑の平べったいぐい呑みを購入した。目下この二つが気に入っており、そればかり使っている。

酒が好きだからぐい呑みに凝っているのであって、陶磁器一般のよさは、あまりわからない。とはいえ、食事をする時、お茶を飲む時、どんな器でもいいわけではない。妻の母が茶道の教授なので、家には義母からもらったあるいは妻がなじみの骨董屋で買ってきたさまざまな主に唐風の食器があるが、私はその中で気に入ったものを選ぶだけである。

六年来ウィーンに家があるので、自然に向こうの陶器も集めることになる。ウィーンの陶器として一番有名なのは、ドイツのマイセンやハンガリーのヘレントとも繋がるアウガルテンであろう。優雅繊細であり、白の地に緑色の小さな花模様が描かれ金の縁どりがしてあるのが古典的な柄であるが、うすいピンクや淡い黄色を使った精巧な柄のものもある。ウィーンのグラーベンとケルントナー通りが交差するところに本店はあり、先日はうす紫色の華麗な（シュガーポット、ミルク入れなどを含む）コーヒーセットを購入しようかと迷ったが、私には上品すぎると覚ってやめた。その代わり、黒と金の縦線のシンプルな柄で、かつての「ウィーン工房」のデザインを復刻したコーヒーカップと皿が眼に留まり、それを二組買った。ヘレントの陶器を扱う店はケルントナー通りの中ほどにあるが、どうも写実的な蝶々や鳥の柄は私の趣味に合わない。色もアウガルテンよりけばけばしく、昔エスプレッソ用の小さなコーヒーカップを二組購入したが、その大きさが限度というところ。

だが、彼の地の陶器で一番気に入っているのは（わが国にはほとんど紹介されていないが）以上の陶器よりはるかに庶民的ではるかに安価なグムンデンである。厚みのある白い肌に、黄や紫の素朴な花模様が刻まれていて、うすい緑で縁どりされている。ウィーンでは、ケルントナー通りのシュテファンに近い場所に大きな店がある。店内は見渡す限りの多様な食器のほかに、花瓶、時計などで埋め尽くされている。どれも愛らしいが、難点は壊れやすいこと。三年ほど前、鉄砲を持った紳士や貴婦人や逃げる鹿の絵が壁画のように描かれているビアマッグを六個購入したが、もう三個にひびが入ってしまった。

私の最大の趣味は、こうした陶器を使って「ずれ」を楽しむこと。ウィーン郊外のわが家で、教会の鐘の音を聞きながら（願わくは雪の降る夜）、萩や唐津の気に入ったぐい呑みを朱塗りのお膳に載せて、久保田や吉野川や八海山を呑むことである。ロイヤルコペンハーゲン（この藍色はすばらしく朱塗りのお膳に合う）の皿に蟹味噌や塩辛を載せてもいいし、グムンデンの薔薇の咲き乱れる皿に蒲鉾や漬物を添えてもいい。奇をてらっているわけではない。日本で誰もがすることを、ちょっと演出を変えてみるだけで、すばらしい効果を醸し出すことに気づいただけである。ただし、一つだけ条件がある。ひとりで呑むこと。誰もそばに居ないこと。焼き物を見つめ、焼き物を擦《さす》って、酩酊すればそれでいいのだ。部屋の明かりはなるべく落とし、そのまま眠っても誰も気づかない時に。いや、そのまま死んでも誰も気づかない時に……。

半隠遁の美学を貫く

「半隠遁」五箇条

十年前、五十歳になったのを潮時に「半隠遁」宣言をしました。一度だけ生まれてきて、もうじき死んでしまうのに、まして五十歳、残された時間もあまりないのに、これからの人生、自分のしたくないことに時間を費やすのはまったくばかげている、と心の底から思ったのです。

私も四十代のころは、あっちの学会からこっちの学会へ、非常勤講師としてあっちの大学からこっちの大学へと飛び回る猛烈（社員ではなく）教員でした。青春の迷いが相当長く、三十七歳のときやっと大学の助手という定職が与えられたからでしょう、十年の遅れを取り戻さねばならないと、必死だったのです。

しかし、五十歳になって国立大学教授のポストが与えられ、物書きとしてもまあまあのスタートを切っていた私は、要求水準が低いこともあり、突如天啓が下されたかのように、「もうこれでいいや」と思ってしまった。東大に呼ばれなくても、学会で指導的地位を確保しなくても、世の中を震撼させる哲学書を書かなくても、いいんじゃないかと思ったのです。

こうした心境の変化は、私にしてはずいぶん意外なことです。小学校のころから、さらに勝ち抜き、さらに賞賛され、さらに上位の地位を獲得し……という価値観にがんじがらめに縛られていたものですから。それと同時に、私は子供のころから、何をしても「どうせ死んでしまう」という呟きを自分の体内から消すことはありませんでした。どうせ死んでしまう、でも、成績は一番でなければならない、どうせ死んでしまう、でも、東大に受からねばならない、どうせ死んでしまう、でも大学教授にならなければならない……という具合に「どうせ死んでしまう、でも……」という構文の「……」に次々に目標を入れて生きてきたと言っていいでしょう。

そうして、ふっと気がつくと五十歳というわけで、もうこんなことやめよう、「どうせ死んでしまう、でも……」ではなく「だから……」という構文にそって生きていこう、と決意したのです。

とはいえ、いい加減な私には、死だけを見つめ、あるいは真理だけを求めて、俗人生を完全に降りてしまうだけの勇気はない。そこで、私は苦肉の妥協策として、世間からの隠遁も「半分」だけに留めよう、こう決意しました（詳しくは拙著『人生を〈半分〉降りる』〈ちくま文庫〉を参照）。ある程度、他人から嫌われてもいいから、儀礼的な、あるいは何のメリットもない人との付き合いは清算していく。苦痛でしかない社交や式典は避ける。年賀状や暑中見舞など儀礼的習慣は撤廃する。すなわち、世間的雑事を削りに削り、残された膨大な時間をすべて自分のためだけに使うようにしていったのです。このことによって私と縁を切る人は、もともと付き合う必要のない人であり、少数ながら私の「半隠遁の思想」を理解してくれる人だけと真摯《しんし》に付き合えばいい、と居直りました（幸い、かなりいる）。

こうして「半隠遁の思想」を磨き上げていくうちに、時間ばかりでなく生活のあらゆる面における「半隠遁の美学」の追求にもなっていった。この美学は相当ユニークですので、考えうるさまざまな誤解に対処しつつ、順次その要件を挙げていきましょう。

一、「清貧の思想」にあらず

まず第一に、それは、俗界を遠く離れ、あらゆる物を捨て去って清らかな生活をする「清貧の思想」ではない。私はいたって軟弱なので、生活の快適さ、とりわけ清潔さは絶対欠かせません。高度成長以降の日本人の生活で最大の恩恵は、水洗トイレであり、次に冷蔵庫、掃除機、洗濯機、さらには空気清浄機、加湿器等々だと思っています。昔の豪奢な邸宅を見ても、すぐに「でも汲み取り便所だったんだよなあ」と思ってしまう。さらにビロウなことを言うと、便所紙も石鹸も昔は質が悪かったから、「優雅な着物の下の身体はさぞかし汚かったろうなあ」と思ってしまう。というわけで、私の美学には清潔と快適を保つためのさまざまな工業製品が絶対に必要なのです。

二、趣味を追求するなかれ

第二に、それは、よい趣味をどこまでも追求する生活ではありません。私は日本酒が好きなので、旅先でさまざまなぐい呑み（一万円くらいまで）を購入しますが、とくに陶器に興味があるわけではない。ただ、自分の思いのこもった杯で呑みたいだけ。家内の家がお茶の先生なので、わが家にはさまざまな茶器、お盆やお膳、陶器や漆器、壺や花瓶、花籠などがありますが、それもあるから適当に使うだけです。

例えば、朱塗りのお膳にロイヤルコペンハーゲンのお皿はよく合うので、それに肴を並べ、そのときの気分に合わせて、備前焼・唐津焼・萩焼・織部焼などのぐい呑みに氷をひとかけら入れて久保田・八海山・浦霞・影虎といった辛口の日本酒を冷で呑む。粗食に耐える私は、肴だってスーパーの惣菜でいいのです。ただ、ナス漬けであろうと、コロッケであろうと、合成樹脂のパックから取り出してきれいに皿に並べる。

食事は、温かいご飯に納豆とか豆腐とか海苔、それに鮭の切り身でもあれば満足。でも、ご飯はおかゆに近い軟らかさでないと駄目ですし、鮭の焼き方にもうるさい。箸も桜皮細工のものと会津塗りのものを愛用しています。

洋服は、絶対に自分に似合うものしか着ません。気に入っている洋服は、クリーニング屋に出して、ほつれや袖丈を修理してもらい、二十年も三十年も大切に着ているので、ここ十年のあいだ新しい物はまったく買っていません。半隠遁後は、儀式ばった所に出ることを極力拒否しているので、(上下そろった)スーツは二着しかなく、それを着ることさえまれで、ネクタイも五本、靴も五足しか持っていません。家にいるときは、だいたい作務衣であり、夏用・冬用・黒・濃紺・渋茶など色もさまざま取り揃え、その中には延暦寺で買ったもの(延暦寺の僧が着ているものと同じ)、角館(秋田県)や浅草で眼に留まったものもあります。

三、不快を避ける

第三に、居住空間は広くなければならず、その空間内に私の趣味に反したものは一点も存在してはならない。仕事はもっぱら大学の研究室で済ませますが、わが家のメインルーム(二十三畳ほど)を私が占拠しています。その片隅に本を積んでいますが、積み方にも厳密な美学が必要で、大きさ・形・色・ジャンルなどさまざまな要因を考慮して「これしかない」という配置に持っていく。たまに絵画を購入しますが、ほとんどが知人の画家のものであり、特別高価なものはありません。

私の美学の基礎は「悪いもの・厭なもの・不快なものを徹底的に避ける」という一点に凝集されます。ある日、本の山を丹念に眺め、すべての本の配置を変えることもあります(そのため、五千冊の本がどこにあるか全部暗記していて、たとえ停電になっても探すことが出来る)。すべては、計算し尽くされ、すべてに神経が行き届いていなければならない。ただそれだけなのに、こうした要求がきわめて強いので、私はしばしば「趣味にうるさい」と思われてしまうのでしょう。

四、無理しても快適を得る

第四に、必要とみなすものは、どんなに「身のほど知らず」でも実現し、その代わりその他の出費を切り詰める。私は十年ほど前からウィーンに家を借りています。千坪もの広大な庭に立つ大きな建物を、大家を含めて三家族でシェアしており、わが家の持分は百平方メートルほど。日本に比べれば格安の家賃ですが、年間使用するのは二ヵ月ほどですからずいぶん無駄なのですが、いまの私にはいつでもこのせわしない祖国から離れて緑に囲まれたドイツ語の飛び交うそこに行けるという可能性が大切であり、この無駄が生きる励みになっているのです。

貧乏性なのでしょう、そのために他の生活費を切り詰めることが、無性に楽しくなる。住居費にはずいぶん金がかかるので(全出費の五割?)、それ以外はまさに節約に節約を重ねた生活ぶり。飛行機はいつもエコノミークラスで、新幹線のグリーン車に乗ったことさえなく、タクシーを利用するのも躊躇する。呑む所は学生たちと一緒に行く一人二千円の安居酒屋がもっぱらで、高級バーや高級料亭とはまったく無縁。だいたい私は豪勢な物を食べたいという要求が希薄で、最近「ミシュラン」のガイドが出ましたが、星つきの店のどこにも行きたくはありません。宮中晩餐会に招待されても、断るんじゃないかと思います。

五、金に執着しない

そして最後の第五として、金に執着しない。小さいころ、さんざん親の貧乏を見てきたくせに、私には金を「儲ける」という発想がゼロで、株券や小切手さえ見たことがない。時折、財テク勧誘の電話が掛かってきますが、「お金には興味ありませんので」と言ってぷつんと切ってしまう。こういう私ですから、金は全部（ほとんど家庭内離婚の）家内が管理していて、私は家の登記簿がどこにあるか、ウィーンの家の契約書がどこにあるか、自分が今月いくら儲けたのか、いったい自分が何の保険に入っているのかさえ知らない。ある日、家内に全部ぶん取られたあげく追い出される羽目になっても、それはそれでしかたないと思っています。

さらに、私は税金を払うのでさえ、厭ではありません。印税というあぶく銭はどうしても「きれいなお金」には見えず、大学教授としての給料も、こんなにラクなことをして金をもらっていいのだろうか、と自責の念が湧き起こってくる。その上、国立大学に私は学生として十二年、さらに教員として十五年もご厄介になっているので、税金は途方もなく使っているはずで、税金を払わないとバチが当たると考えています。

こうして、私の「半隠遁の美学」とは、どんなに普通でなくても、自分の美学に合った生活を実践するということですが、これに心を集中させるようになって、私は他人の人生があまり羨ましくなくなり、他人の持っているものがあまり欲しくなくなり、次第にあらゆることから「自由」になっていくのを感じます。

そういう自分の経験から、最後に読者諸賢にぜひお勧めしたいのですが、とくに五十歳を過ぎたら、もうじき死んでしまうのですから、自分の信念と美学を貫き、それに合うものにはたっぷり時間や金を使い、合わないものは次々に削り取る、という徹底的に自己中心的な「ミニマリズム」を実現してはいかがでしょうか？

単独者協会

以前、『哲学の教科書』（講談社学術文庫）という本の中で「独我論協会は可能か？」と問い、ややシニカルに肯定したが、その後何の抵抗もなく可能だと思うようになった。独我論にもさまざまなタイプがあるが、ここでは最もラディカルなもの、すなわち「他人は存在せず、私しか存在しない」という哲学的立場を挙げてみる。それでも、こういう信念を持っている人々が集結する協会は立派に成立するように思われる。「存在」とは難しい言葉だが、さしあたり微に入り細を穿った詮索はせずに、他人の心はまったくの無だという立場と考えてもらえばいい。眼前の他人が「痛い！　痛い！」とのたうち回っていても、人間の形をした機械がそういう発信をしているだけ、その機械は断じて痛みなんか感じていないのである。

さて、こういう信念を持った人々が互いに付き合うとき、何か困ることでも生ずるであろうか？　互いに、相手が機械だと思った瞬間に、すぐさま打ち壊しにかかることにはならず、人間として尊敬しなくなるわけでもない。相手に心が無いと信じていても、コミュニケーションに何の差し障りもないのだ。私は、傍の男が汗をたらたら流して「暑いなあ！」と恨めしそうに残酷な太陽を眺めるとき、彼がそれを感じていないと信じていても、「本当に暑いねえ」と受け答えし、彼が噴水のほとばしる水を顔に浴びて「わあ、気持ちいい！」と叫ぶとき、彼がそれを感じていないと信じていても、気持ちよさそうだと感ずる。こうした知覚レベルに留まらず、私は彼の複雑な「心の動き」がよくわかる。つまり、あたかも心が動いているかのような感じがよくわかるということである。

大森荘蔵先生は筋金入りの独我論者であった。だが、先生と私たち学生は、ことのほかよく話が通じ合ったように思う。私も独特の意味で（詳細は省く）独我論者であり、この問題をしつこく考え抜いた永井均さんも洗練された独我論者であるが、彼とはよく話が合う。むしろ、私にとって不思議なほど話が合わないのは、他人の心が無いなどというフトドキ千万なことを信じるなんて許さない、と息巻いている独我論否定論者なのである（哲学者仲間にも存外多い）。われわれは「私は……」と語るあるものに心を帰属させ、別のあるものには帰属させない。その区別は単なる社会的習慣であって、誰ひとりとして、他人の心そのものを感じたことなどないのだから、はたして他人の心があるか否かという問いは、永遠に決着がつかない。選択肢は、ただ他人の心があると信じるか無いと信じるかという信念の違い、他人に対する態度の違いだけである。

以上は話の枕にすぎない。私が以上の独我論と関連づけて、いま懸命に考えているのは、「はたして単独者協会は可能か？」という問いであり、最近とみに可能である気がしてきた。単独者（der Einzelne）とは元来キルケゴールの言葉だが、ここではちょっと別の味付けを試みる。すなわち、私なりの単独者とは、他人との共同作業は何でも厭わしく、他人に共感する能力がほぼ完全に欠如しており、他人が自分の領域に入ってくることを無性に恐れる（私のような）人間のこと。といって、なかなか頑固で、どこまでも自分の信念や感受性を曲げず、口が腐っても他人には迎合せず、心にもないことは一切口にしない……という（私のような）社会的未熟児である。エゴイストと言い換えてもいいのだけれど、他人にいかなる共感も求めず、他人の領域に入ることを極度に自制する、警戒心の強い配慮の行き届いたエゴイストである。

こういう単独者は、現代日本においても少なくないように思う。彼らは仕事はできる。だが、それにまとわりつく人間関係をうまく築けないのだ。なぜなら、世の善人たちは協調性とか共感という言葉を振りかざして、彼らを追い込んでいくからである。残酷なことだなあ、と思う。こうした暴挙に晒されて自滅しないために、単独者は団結しなければならない。単独者として生き抜くために、周囲の善人たちの軍門に降らないために、団結するのである。そして、自分たちの「正しさ」を認め合うのである。

この意味の単独者には、これまで随分遭遇してきた。彼らとの人間関係は私にとって、総じて心地よいものであった。相手にまったく期待しない人と人との関係。相手をいかなる仕方でも縛らず、相手からもまったく縛られない関係。相手が眼前で死んでも、ほとんど心が揺らぐことのない関係。なんで、これがいけないことなのだろう？　たぶん、それはただ絶対多数の非単独者がそう望んでいないからにすぎない。単独者は非単独者と触れ合っていいことはない。接触事故を引き起こし、場合によっては墜落するだけだ。ただ、そうは言っても、世の中の大多数が非単独者なのだから、ここは心して敵を見定めねばならない。自分を守るために、泣く泣く彼らに従わざるをえないこともあろう。だが、そんなことばかりしていては心が汚れる。日々の迫害によって泥まみれになった心を浄化し、明日からも単独者として生き抜く勇気を補給する場が必要である。それが、単独者協会なのだ。そこに単独者たちは定期的に集まって、善人からの念入りな凄まじい攻撃を打ち明け合い、互いに単独者としてのあり方を確認し合い、励まし合う。

こう一般的に書くと、なんだかうまく行きそうな気がする。だが、これには独特の難しさが伴っている。その最たるものは、たとえ単独者協会が自然発生的に生まれたとしても、それが維持できるか否かはまったくの偶然に任せるよりほかないということ。単独者に向かって、この協会への参加を僅かにでも強制することは、単独者の定義に反する。誰にも共感しないという理念を標榜したとたんに、この理念に共感する人を集めることになる。だから、単独者協会はやはり初めから足許がぐらついているのだ。だが、それで一向に構わない。各人は自分の自由意志により、誰からも縛られたくないという協会の精神に縛られることを選択したのであり、誰にも共感したくないという協会の精神に共感したのであるから。すべての会員は、協会に縛られたくないと思った瞬間あるいは共感しなくなった瞬間に、さっさと退会すればいいのだ。つまり、この協会は会員がいつか雲散霧消しても、それを引き止める力は持っていないのである。

こうして熟慮に熟慮を重ねた末、公的な、すなわち普遍的で公正中立な単独者協会はありえないことが判明した。「日本単独者協会」と書いてみただけで、なんだか白々しく、うそ臭く、恥ずかしく、尻がこそばゆくなる代物である。単独者がもしひとりで世間の荒波を渡り切る自信がないのなら、しかも自分の信念を変えることができないのなら、その人独自の信念と美学に基づいた私的な単独者協会を創るよりほかないであろう。

そして、何を隠そう、密かに（だから、まだ誰も気づいていない）私は長い年月をかけて、こつこつ自分の趣味にかなった単独者協会を創ってきたのである。すなわち、互いに相手に何も期待しない、相手をいかなる仕方でも縛らない、そして、私が大偏食家だからでもあるが、相手と自分との絶望的な感受性の差異性を尊重し合うという（同一性に基づいた）人間関係の輪である。誰からも期待されないことを期待し合う関係、理解されないことを理解し合う関係であり、積極的な共通項は各人が自分自身の信念と美学に対して誠実だということだけ。その限り、各人は自分本位でいい。一切他人を考慮しなくていい。こうして、哲学仲間や仕事仲間を中心に数十人から成る私の単独者協会においては、各人が自分以外は誰をも愛さない関係、大切に思わない関係がしっかりと築かれている。明日、会員の誰が死んでも、私はそれを望まないが、そんなに悲しまないであろう。私が死んでも、会員の誰も悲しまないであろう。そういう清々しい関係である。

読者のみなさま、「私の」単独者協会に入りますか？

後世に何も残したいものはない

今回、「私が伝え残したいこと」という原稿依頼を受けたので「何も残したいものはないから」と断ったら、そういうことを書いてほしいといわれたので、「では」と引き受けることにした。その理由を数十行で伝えることができるか心もとないが、やってみよう。

哲学者の端くれとして、これだけは譲れないということがあって、その一つは自分の世界観・人間観・人生観に基本のところで反するものは書けないということである。「反する」というのは正確ではない。あるテーマが前提していることに私がついていけないとき、私はその前提のもとで書くことはできないということだ。

現代日本に「いいこと」がないわけではない。むしろ、あれもダメこれもダメと世を嘆く脳髄の老化した評論家と異なって、私は現代日本には言い尽くせないほどの「いいこと」があると信じている。奴隷も暴君もおらず、平均寿命も長く、みなとにかく食っていけ、行きかう男女のほとんどは柔和で知的で礼儀正しい。自然は温暖で、美味しい食べ物はふんだんにあり、名所旧跡は飽きるほどある。どこに行っても磨かれたように清潔である。少なくとも私のよく知っているヨーロッパのどの国より「いいこと」はふんだんにある。だから、たとえて言えば、ありとあらゆる車内放送が虫唾《むしず》の走るほど嫌いな私に対して「伝え残したい車内放送」を書けと言われて反発しているようなわけではない。

では何か？

今回の場合、岩盤のように硬い前提が二つある。一つは、私が死んだあとでも、世界は「ある」という前提。あるいは、もっと簡単に言うと、未来は「ある」という前提。その理由を書くと何百枚になるから控えて、とにかくこれを私は断じて認めないのだから、「日本人へ、私が伝え残したいこと」が書けるわけがない。そして、もう一つの岩盤、それは「いいこと」を次世代の日本人へ伝えることは有意義だという前提である。

両者は絡み合っており、二つとも完全に認めないのだから、私の死んだあとに「伝え残したい」ものはまったくない。日本の伝統工芸がすべて雲散霧消しても、現在認定されている国宝や重要文化財がすべて崩壊しても構わないし、富士山が崩れ去ってもいいし、日本語がなくなってもいい。そもそも日本が丸ごとなくなってもいいんじゃないかと思っている。

しかも、このすべてを、単なる偏屈と片付けられても困る。私はこう考える自分を、眼を輝かせてあれを伝えたいこれを伝えたいと語る評論家たちよりずっと「まとも」だと信じている。彼らは、自分が死ぬことの意味、自分の存在が無に帰しもう二度と有に戻ることのない凄まじさに対して真面目に向き合っていないのだ。この不真面目さは、やがて自分の子供たちも孫たちも、そして人類も地球も太陽系もなくなって灰燼《かいじん》に帰するという凄まじさを直視しないという不真面目さとリンクしている。未来はない。しかし、「ある」と（誤って）信じているのなら、こういうどうしようもなく悲惨な未来をひっくるめて、「伝え残す」言葉を選ばねばならないと思う。

じつに不思議なことだ。こういう考えをする人がきわめて少ないということは。彼らは、大真面目な顔つきで「未来社会の倫理」とか「地球温暖化問題」とか議論している。あと五十年したら海面は数メートル上昇して東京は水没する！　と警告を発する。しかし、そのとき自分はいないのだよ！　そのほうがよっぽど差し迫った「問題」ではないかと思うのだが。そのことに全力で取り組むべきだと思うのだが。どうも思考回路がそういう具合にでき上がっていないようである。

だが、もう慣れてきた。みんな、自分が死ぬことなどどうでもいいかのような、そのあとで世界がいつまでも続くかのようなふりをして、語り続けたいのだ。あんたの言うことなどすべて承知している。だが、だからこそ、その限られたときを幸福に生きられるようにしてやろうじゃないか、と真顔で語るのだ。間違っているのではない。こうしたレベルの問題に間違いも正解もない。ただ、そういう態度でもっともらしく「次世代の日本人に伝え残したいこと」を語る人は、やはり徹底的に思考していないことだけは確かである。それでもいいという人に何をかいわんや。自分はそうしたくないというだけである。つまり、趣味の問題である。

最後に、こんな「悪い趣味」を語ることが許されている現代日本は、本当にすばらしいですね。

でも、それを「伝え残そう」なんて、ほんのわずかにも思いませんが……。

悪が私を生かしてくれる

じつは、私には「眠られぬ夜」というものがない。いつも床に就いて五分とたたないうちに眠ってしまうのだから。私は生活のリズムとか規則を一切考慮していないので、リズムが乱れることはない。何の規則も課していないので、不規則になることはない。人はいつか眠るものである。だから無理して眠ることはない。翌日いかに大変な仕事が控えていても、眠らなくてもいい。眠い目をこすりながら辛い仕事をすることも、また人生の妙味である。

というと、何の悩みもないのかと疑われるが、それは大違い。あまりにも悩みが多く、それにあまりにも過敏に対応してきたので、麻痺してしまっているのかもしれない。

子供時代、私はとても不幸であった。殺される寸前までいじめられたわけでもなく、冷酷な差別を受けていたわけでもない。いま思うと、（素人診断ながら）統合失調症（分裂病）に強迫神経症が併存している、少なくとも境界型精神病患者であった。とりわけ死ぬことが恐ろしく、一日中それで苦しみ、「僕は死ぬ、僕は死ぬ」というおまじないをかけると、記憶喪失に近い状態に陥った。夜中に大声で泣いて、家族を困らせることもあった。しかし、誰もこのことをまじめに取り上げてくれなかった。私は、小学校高学年の頃、人生ってこんなに辛いのなら、いっそ死んでしまおうかと時折考えていた。

発病しなかったのが不思議であるが、苦しみながらも自分のうちで転がり落ちないための必死の工夫を考案し続けていたのであろう。さらに、受験勉強が転落を妨げてくれ、その後大学で哲学にのめりこんだことが転落防衛の仕上げをしてくれたようだ。気が付いてみると、次第に生きる力を蓄え、生きるのがラクになっていった。小学生の頃より中学生の頃のほうが、それより大学時代のほうが、そして三十歳を過ぎてからのほうが、はるかにラクになっていった。

哲学は、私をさまざまな面で救ってくれたが、中でも死ぬことをはじめ凄まじく理不尽な世界に投げ込まれた自分は恐ろしいほど不幸だと「言っていい」環境は、私にとって何より貴重なものであった。大森（荘蔵）先生に「神は世界を創る前に地獄を創っていたという説があるんですよ」と言うと「そんな、この世界だけで十分地獄なのに」という言葉がふっと返ってくる空気は、私を癒してくれた。子供の頃、私が不幸だったのは、こう言えないことであり、誰も彼もが子供に明るい積極的なふるまいを期待していたからだ。

こうして、人生の暗い面、（広い意味での）悪が私を生かしてくれることに気づきはじめた。なんで世界はこんなに矛盾と理不尽と悪に満ちているのだろうと思うと、心は癒されるのだ。どんなに懸命に生きても、みな死んでしまい、人類はやがて滅びてしまう、と実感すると心は平静になるのだ。

いまでも、時折たまらなく虚しい時は暗い部屋で独り酒を飲みながら、もうじき死んでしまうことを考える。あの人もこの人も死んでしまったと思う。哲学者たちは真理を求め、善を求め、そして勝手な答えを提出してみなチリになってしまった。これって、一体何なのだろう？　パスカルの言うように、すべてが「気晴らし」なのだ。サルトルの言うように、すべてが「無益」なのだ。こう確信して、酒をぐいと飲み干すと、不思議に生きる勇気が湧いてくるのである。

勢いで、もっと考えてみる。すべての現象は実は偶然に起こっているだけなのかもしれない、時間は無いのかもしれない、私はいないのかもしれない……。すると、さっき考えていたペシミスティックな世界像は一掃され、そのすべてはただの幻想であるという思いが増してくる。すべては無駄なのではない。そんなセンチメンタルなものではない。ただの無なのだ。

そう考えて、ふと気がつくと、朝日が部屋を照らしている。テーブルの上にはぐい飲みと徳利が置いてあり、簡素な肴もわずかに残っている。私はそのままベッドに転がり込んで、あっという間に眠ってしまったのだ。いや、そうだろうか？　私は果たして眠っていたのか？　ただの無だったのではないか？　昨晩は在ったのか？　すべては、ただの幻想なのではないか？　それにしても、なんでこんなにすっと寝入ってしまうのだろう？　健康だからか？　老化現象か？　いや、単なる馬鹿なのかもしれない、と思い巡らして、また新しい日に向かうのである。いつか、永遠に目覚めない日を迎えるだろうと思いながら……。

美しい不幸

カントによれば「幸福になれ！」という命令は無意味である。何人も幸福を求めているのだから、あらためて命令される必要などないのである。だが「幸福に値するようであれ！」という命令は有効だとカントは考える。そして、私は自分が「幸福に値しない」と思う。なぜなら、私はずいぶん多くの人を不幸に陥れているからである。

とりわけ、私は「無用塾」という哲学塾を開講することによって、多くの青年たちを不幸にしてきた。私の前を通り過ぎる青年たちの悲しみを伴った美しさに圧倒され、反射的に自分の醜さが拡大され自虐的になり、だがそこに独特の幸福に似た感情を覚えるのだった。吸血鬼のように、私は彼らの不幸を味わうことによって、不思議に癒されるのである。わずかだが、生きる希望が湧いてくるのである。

S君は、昨年初夏のある日無用塾にやってきた。二十三歳だった。繊細で端整な風貌であり、不安そうな面持ちで開口一番「無用塾に来たら、もう終わりだと思いました」と語った。九州の高専を出て川崎のコンピュータ会社で働いていたが、無用塾に来てすぐにそこを辞めてしまった。

私は彼に興味を覚え、無用塾とは別に何回か呑みに誘った。「きみは誠実でいいね」と私が言うと「先生に褒《ほ》められると舞い上がっちゃうんです」と答え、もう眼を赤くしている。そして「でも、ぼく先生にべったりだから、怖いんです」と続ける。時々、二人で夜のお堀端や青山通りを歩いた。彼がはしゃぐのがわかる。そのうち、「先生と一緒にいると、先生に気に入られようと演技している自分が、自分でなくなりそうで恐ろしいんです」と何度も言う。やがて、彼はパニック障害になり、電車に乗れなくなり、そして九州へ帰っていった。

U君は、異様に悲しそうな眼をしており、透き通るほどきれいな容貌であった。両親はすでに亡くなり、たった一人で猫と一緒に田園調布のマンションに住んでいた。二十四歳であった。彼と何度も夜通し呑んだが、「僕みたいな人間は弱いから生きる資格はないですね」と泣きながら訴える。時々、酒を浴びるほど呑んで夜中に路上でひっくり返り、財布を盗まれることもあり、傷だらけのこともあった。腕には、タバコを押し当てて焼いた跡がいくつもある。どうにかしてやりたい。だが、何もできない。そんなことが続くうちに「先生に呑み込まれてしまいそうで怖い」と異様に怯《おび》えはじめ、二年前の夏、父方の親戚の居る八丈島に渡ってしまった。

M君は、数年前（三十七歳のころ）無用塾にやってきたが、その後ずっと姿を消していた。道路工事をしているとか、すごく貧乏になり大学食堂でご飯だけ注文してポケットからごま塩を取り出して振りかけている、といった噂が時折り耳に入ってくる。その彼から、先日突然メールを受け取った。青年海外協力隊のエイズ撲滅班に入りまもなくケニアに赴く予定で、いま特訓中だとのこと。「ナップザックの中にはカントの『純粋理性批判』が入っています。ぼくが哲学を続けるには、こうして自分をぎりぎりの場に追いやらねば駄目なのです」と書いてある。

T君は、画家になろうとしたが、東京芸大はじめすべての美大の入学試験に落ち、三浪したすえ哲学をしようと無用塾にやって来た。二十一歳であった。だが、その後まもなく好きだった少女が自殺してしまい、後追い自殺を思い留まるだけで神経をすり減らしていた。そんな不安定なある日、涙を流しながら「言葉は人を殺すけれど、絵は殺さない！」と叫んで去っていった。

こういう青年たちの真摯さに、その結果としての「不幸」に私は感動してしまう。その不器用さ、その純粋さが、私のからだをキーンと音をたてて貫き通す。そして、私は紛れもなく幸福を覚えるのだ。とはいえ、一種殺伐《さつばつ》とした幸福である。自虐的な、悪魔的な幸福である。その罪深さに恐ろしくなるが、もはや私はこの世のほかのことに何の感動も覚えないのだから、変えることはできない。彼らの不幸、それは私がこの汚濁にまみれた世界で唯一「美しい」と思うものである。「真実」と感じるものである。だから、私はそれを大切にしなければならない。そのためには、せめて、彼らの不幸に感動する資格が自分に欲しい。それは、自分の肌にたえずナイフを突きたて、自分の病的な幸福を血だらけにし、猛烈な痛みを抱きかかえながら、自分が「幸福に値しない」人間だと心の底から悟ることなのである。

おやじの思い出

「オヤジ」という名前のコラムに何か書いてくれと言われて、思い返してみると、私の父は「オヤジ」という呼称に限りなく遠い存在であった。この呼称が限りなく似合わない存在であったと言い換えてもよい。

父は第一次世界大戦の開戦の年（一九一四年）に生まれ、七年前（一九九七年）に死んだ。私は、彼が好きではなかったし、死んだ後にいくら振り返っても「懐かしい」という思い出がない。また（あの世で）会いたいとも思わない。彼は家族と一緒にいても、いつも「ひとり」だったし、それで充足している人間であった。彼の言動には独特の冷たさがあって、母からは四十年以上にわたって、「エゴイスト！　冷血動物！」と罵られていたが、それにまったく悩まず、自分を些かも変えようとしないのであった。その、不思議な「偏向」をどう伝えればいいのか、『愛という試練』（紀伊國屋書店）で少し探ってみたが、十分には伝えられない。

ひとことで言えば、彼は「愛すること」ができない男であった。常に恐ろしいほど冷静で、ハメを外すことはなく、怒ることさえなく、人の悪口を言わず、（大企業の管理職であったが）会社の接待費はけっして使わないほど潔癖で、それでいて、家族の苦しみや悩みが皆目わからないのであり、わかろうとしないのであった。何を相談しても「誰が見るんだ！」あるいは「そんなことなんでもないじゃないか！」の一言で片付けてしまう。彼にとっては、個人的悩みのすべてが「醜いくだらない」問題なのであった。そのうち、私と姉妹は父に相談してもしかたないと思いはじめ、彼を軽蔑して離れていった。

死がま近になると、父は末期癌患者専用のホスピスのような病院に入った。しだいに意識が混濁してくると、家族が面会に行っても、日本の政治経済の話ばかりする。家族の話は（孫の話も）皆無である。それを目撃しても誰も驚かず、当然のことと受け止めた。だから、父が死んだとき家族の者は誰も悲しまなかった。

父が死んだ後、しばらくして母がうつろな眼で言った。「あの人、死ぬ前にうわごとで何回か『ママ』って言ってたわよ」。父はカリフォルニアで生まれ、七歳のとき初めて祖国に帰ってきた。一人っ子で、母親を「ママ」と呼んでいた。そのママが、十歳のときに結核で死んだ。父はトイレの中や部屋の隅に何度もママの亡霊を見たという。その後嫁いできた継母には最後まで心を開かなかった。八十三歳の父は死ぬとき、妻も子供たちも見えなかったのであろう。大好きなママだけが見えたのであろう。もうすぐママの所に行けると思っていたのであろう。よかったなあ。この前そう考えると不思議に涙がぽろぽろ出てきた。父の冷酷さは絶対に許せないけれど……。

「読書」という気晴らし

気になる他者、小林秀雄

一度も小林秀雄に心酔したことはない。むしろ、彼の文章を読むたびに生理的な違和感に襲われる。その飛躍した論理についていけず、その激しい断定口調にはあきれるばかりである。物に対する態度の真摯さに感動し、物を見る眼の確かさに脱帽し、それを語る文章の見事さに敬服する。だが、同時にそのすべてに漂う独特の体臭に辟易するのだ。一例を挙げる。『Xへの手紙』の最後。「ではさよなら、――最後に一番君に言いたい事、どうか身体を大事にしたまえ」。いままでの突き放した口調がふっと優しさに崩れる。その「自然な」転換がかえって嫌味を増す。こうして、小林秀雄とは、私にとって、高校生のころからいまに至るまで猛烈に反撥しながらも、なぜか気になり惹かれ続ける存在である。

森有正は、同じく小林秀雄に対する共感と違和感との波に翻弄されていた。一九六四年の彼の日記より。「「展望」に掲載された小林秀雄の「常識について」を読む。この論文にはこの前に読んだもののようには心を打たれなかった。デカルトの思想を語るに際して、小林秀雄は非常に大切な点を取り逃しているように思えるからだ。……デカルトの方法を儒教の中庸と対比するに到ってはとにかく驚いた。デカルトも、ドストエーフスキーの場合と同様に、この高名の批評家、小林秀雄の限界を暴露している」(十一月一日)。だが、三年後に次のようにも書く。「小林秀雄はいつ読んでも立派だ。彼の書いたものを時折り読みかえすのは、真の喜びである。彼は、一挙に、のっけから、歴史と人間との魂の問題に腰をすえる。経験ということも、小林秀雄は、その真に哲学的な意味において把えている」(六七年十二月十七日)。そして、同日の日記にまた揺り戻し。「小林秀雄を僕は大変立派だと思うが、少しも羨ましくはない。むしろ、彼の立場にいない自分を本当によかったと思う。なかなか言いにくいことではあるが、事実そうなのである。彼は僕にとって実に貴重な媒体であり、不可欠であるとさえ言えるが、それ以上ではない」。

小林秀雄は確かに「立派」である。だが、彼に対する私の違和感の第一のものは、彼の感受性、身体全体で感動することができる肉体への反感である。「俺は自分の感受性の独特な動きだけに誠実でありさえすればよいと希っていた」(『Xへの手紙』)というわけなのだから、彼の感受性への違和感は決定的である。小林をむさぼるように読んだ後で、いつでも一抹の後味の悪さが残る。小林の嵐のような感動に巻き込まれることはなく、私はそこにひとり取り残されてしまう。「烏のある麦畑」のオリジナルに対した「その時は、ただ一種異様な画面が突如として現れ、僕は、とうとうその前でしゃがみこんでしまった」(『ゴッホの手紙』)というフレーズに会うと、共感しようとする構えがいきなりほどけて、白々しさの中に投げ込まれてしまう。そこには、小林が感動すればするほど、感動しない自分がいる。

確かに小林の言語は研ぎ澄まされている。清潔であり、力を持ち、風格がある。しかし、その論理は、錯綜する思索過程を解きほぐして行けば唖然とするほど貧弱である。このコントラストにも違和感を覚える。小林の著作を読んでいると、しばしば「それはAではなく、Bなのだ」という論理に遭遇する。このAに常識的な述語をはめ込むのはいい。だが、罪なことに、Bにも輪をかけて常識的な述語を持ってくるのだ。これは、小林一流の「弁証法」と言っていいであろう。彼はある単純なことを素直に肯定したいのだが、そのときふっと通俗的解釈に対する激しい対抗心が頭をもたげ、「そうではない！」と叫んでから、改めて率直な事実を語るのだ。典型的な例を一つ。「ピカソは、ただ平気な顔をして言うだけだ、「孤独によらなければ、何一つ仕遂げる事は出来ぬ」と。私の読み得た限り、ピカソの言葉は、まことに率直であり、天真に感じられるのが、その特色であって、こういう言葉も、何も孤独の功徳が説きたい為のものではない。私には自分を自分流に知る事で手一杯だ、と言っているのである。自己を知るとは学術ではない、寧ろそれは一種の芸術だ。何と当り前の事だろうか」（『近代絵画』）。

小林がランボーとの出会いによって粉々に打ち砕かれたのに対し、私は大森荘蔵に捕らえられたのだから、はじめから違和感があって当たり前である。私が哲学という危険地帯に足を踏み入れたのは「いま」の不思議さ、「見えること」の不思議さに圧倒されたからである。大学に入って法学部に進もうとしていた私は、さまざまな思想書を読み漁り、仲間と正義や自由や人権について議論を重ねていたが、大森荘蔵に会って、「ああ、こんな単純なことさえ何もわかっていなかったのか」と肌に滲み込むように思い知らされた。あの偉そうな法学部の教授たちをはじめ、誰一人として「他人がいる」ということの意味を知らない。知らないままに、契約とか刑罰とか喋々《ちょうちょう》と論じているのだ、ということがわかった。まさにソクラテスの体験である。皆、詩学とか弁論術とか造船術は詳しく知っている。しかし、「真理とは何か?」と問うと誰も答えられないのである。そして、真理は単純な言葉で表せるはずだ、ということも大森荘蔵を通じ分析哲学に深入りするにつれてわかってきた。

「ニイチェだけに限らない、俺はすべての強力な思想家の表現のうちに、屢々《しばしば》、人の思索はもうこれ以上登る事が出来まいと思われる様な頂をみつける。この頂を持っていない思想家は俺には読むに堪えない。頂まで登りつめた言葉は、そこで殆《ほと》ど意味を失うかと思われる程慄《ふる》えている」(『Xへの手紙』)。ニーチェの場合はそうである。なぜなら、彼は精神の正常さを保ちたいと願いながらも狂気に陥ることに「慄えて」いた男なのだから。小林にとって、哲学とは、ベルクソンとニーチェをつなぐ細い線上にしかない。そうした彼にとって、分析哲学ほど遠い存在はないであろうし、その祖父とも言えるロックやヒュームに感動することはないであろう。彼らの言葉はけっして「殆ど意味を失うかと思われる程慄えて」いない。どこまでも正気を保ったまま、えんえん妄執のように単純な問い(例えば因果律)に取り組んでいるのだから。「時間というものが、私達の認識の先天的形式であろうが、第四次元という世界の計量的性質であろうが、どうでもいい事だ。そういう曖昧さの少しもない、そう考えるより他にどうしようもない観念を、じっと黙って考えているなどという芸当は、誰にも出来ない。やがて私達は、どうでもいい事だと呟くだろう」(『秋』)。「じっと黙って考えているなどという芸当」を日々実践し、「どうでもいい」わけではない人々が確かに棲息している。真正の哲学者たちである。

次に小林に対する違和感を形づくるのは、彼の驚くほど健全な思考であり趣味である。「私はマルキシズムの認識論を読んだ時、グウルモンの言葉を思い出した。「ニイチェという男は奇態な男だ。気違いの様になって常識を説いただけだ」と」(『様々なる意匠』)。これは、そのまま小林自身に当てはまるのではないかと思う。その絡み合いつつ炸裂する文体を嚙み砕いていけばやがてわかるが、小林は僅かにも病的なこと異様なことを語っておらず、いかなる意味でも反社会的ではなく、まっさらな常識しか語らない男である。このことは、彼自身が認めている。「そして僕の批評文は消極的批評を出ないのである。いわば常識の立場に立って、常識の深化をしてきたに過ぎないのだ」(「中野重治君へ」)。石原慎太郎が小林秀雄に個人的に会った感想として「真の意味で秀でて男らしい男」と表現しているが、これも私の実感である。言葉を喋々と操るインテリゲンチャを激しく嫌い、黙々と物を造る職人を好んだことも、彼の美意識の現れであろう。「ほんとうに物をつくり出す人々が決して創り出さぬ人々に抵抗するのです。黙々として抵抗するのである」(座談「小林秀雄を囲んで……」)。彼は軟弱を嫌い、潔さを好んだ。不思議なほど、嫉妬や劣等感などにとらわれなかった。卑俗なもの、濁ったもの、女々しいものへの軽蔑と言い換えてもいい。オペラを聴くときは眼をつぶっている、とある座談で語っている。俗悪な舞台と月並みのストーリーは、彼には耐え難いものであったろう。これと関連するが、すべての著作を通じてユーモアの完全な欠如はどうしたものであろう。どこまでも大真面目であり、何を語っても「人生そのもの」を語っているのだ。これらすべてが、幾重にも私の違和感を形成している。

こうして、私にとって、小林秀雄とは、違和感の塊でありながら、なぜか惹かれてしまう厄介至極な「他者」なのである。森有正は、ある時（一九六八年三月十六日）パリでこう宣言する。「小林秀雄から自らを解き放つこと。何という遠い道程だろう」。

不遇の時に読む本

「不遇」とは何か、それは明晰な概念ではないが、少なくとも（個人的に）「とてもきつかった時」は何度かあった。その一つは、三十歳で十二年もいた大学から追い出され、予備校教師をしていたが、その予備校教師も全然人気がなく、ついに三十三歳でウィーンに私費留学した直後である。ますます前途は見えず、年ばかり取っていき、仲間たちは着実に人生の「かたち」を固めはじめているのに、私は職業も、家族も、友人も、恋人も、何もなく、「どうしよう」という呟きは私のからだを駆けめぐっていた。そんな苦しい経験が、私の三十代の前半を彩っているのだ。

そのころ読んだ本は数知れずある。難解な哲学書、宗教書、あらゆる小説や評論、そして『新古今和歌集』『山家集』『金槐和歌集』などの日本の古典はむさぼるように読んだ。こうしたなかで、一冊、あるいは二冊を挙げるのは難しいのだが、あえて切り捨てれば、次の二冊が残るのではないか。

まず、『眠られぬ夜のために』カール・ヒルティー（草間平作・大和邦太郎訳、岩波文庫、上・下）を挙げておく。私の身内には、妻、姉、祖母などクリスチャンがいて、ウィーンで知り合った日本人たちの半数以上がクリスチャンであった。哲学仲間にも先生にもクリスチャンは多い。そんなことから、私はごく自然にキリスト教的人間観に馴染んでいた。『聖書』は何度も読み返し、「ほんとうにイエスは神の子なのだろうか？」という単純な問いは、いまに至るまで私にとっての最大の問いである。ヒルティーの言葉は、しばしば「坊主臭く」なるが、大方のところは、私のようなひねくれ者の耳にも不思議なほど抵抗なくすらりと入ってくる。「人は他人から何も得ようと思わないなら、まったく違った目で彼らを見ることができ、その場合にのみ、人間を正しく判断することができる」とか「人との交わりにおいてもっとも有害なものは虚栄心である」など、いまなお私を根底から揺さぶる言葉である。当時はまさに何も持っていなかったがゆえに、私は単純になれた。下宿の長細い殺風景な部屋で、窓から差し入る薄明かりを受けて毎晩布団にもぐり込む時、私は「あなたは一体何を欲するか。ほんとうに落ちついたときに、あなた自身にそれを尋ね、そして正直に答えなさい」というヒルティーの文章を思い起こした。そして、そのたびに、私は「哲学がしたい」と答えた。

もう一冊は、フランツ・カフカの『日記』（近藤圭一・山下肇訳、新潮社）である。私は彼の小説がとても好きだが、どの小説よりも好きなのは彼の『日記』である。その透明さ、誠実さは、何度読んでも感動的である。反射的に、濁りきり不誠実にまみれた自分を恥じながら、また吸い込まれるように読みふけってしまう。「俺は、職もなく、将来の展望もなく、こんなところで何をしているのだろう?」と、毎日石畳の道を歩きながら考えていた。「ああ、俺はここで何もしなかったら、あとは死ぬしかないなあ」と毎晩思っていた。そんな時、カフカの言葉は私の心に染み入った。それも、例えば「ぼくはもうすっかり駄目らしいから——昨日ぼくは五分以上眼を覚ましていられなかった——、毎日この世から去ろうと思うか、それともどんなわずかな希望もかけずに、もう一度子供から始めなければならないだろう」というような切羽詰った文章にではなく、「今晩、退屈のあまり、三時間続けざまに浴室で手を洗う」とか「晩、ぼくが食事をしないといって、母はかわいそうにしくしく泣いている」といった何気ない文章に涙が出てくるのだ。

カフカと自分を自然に重ね合わせていたのであろう。二十歳で哲学にのめり込んだあげく、あえなく挫折し、予備校教師に転身したが続かず、三十三歳を過ぎてウィーンくんだりまで飛んでいったバカ息子を、両親はまだ「期待」していた。それが辛かった。母は何度も「凍え死んでいるんじゃないかと心配で……」という手紙をよこした。それも辛かった。言葉の持つ力とは不思議である。もう死ぬしかないと崩れそうになっても、ある短い言葉が、私にさしあたり明日も生きようと思う力を授けてくれるのだから。このことを、私はウィーン留学時代に学んだのであった。(翻訳の表記は適宜変えた。)

私を変えた一冊

そのころ世界はまだ輝いていて、何か秘密めいた恐ろしさを宿していて、二十歳の僕はそこに漕ぎ出していくことに、ためらいを覚えていた。せっかく生まれてきたのだから、人生において何か素晴らしいことを成し遂げねばならないのではないか？　だが、この野望は、どんなに懸命に生きても、あと数十年で死んでしまう、という呟きによってかき消された。では、僕は何をしたらいいのか、どう生きたらいいのか？　僕は、自分の意志でもないのに二十年前にこの世に産み落とされ、そして後せいぜい五十年で死んでいかねばならない。これは、はたして意味あることなのか？　どう考えてもそう思えなかった。どんな偉業を成し遂げても、どんなに幸福な人生を送っても、死んでしまうのだとすれば、そして、その後が永遠の無だとすれば、やはり虚しいのではないか？　といって、僕は自殺したくはなかった。まだ「死」を解決していないのだから。

そんな時、僕はカミュに出会った。『異邦人』に眼もくらむような衝撃を受けたが、僕がいまでも繰り返し読んで、そのたびごとに感動するのは、彼が二十二歳から二十九歳までのあいだに書いた『手帖』である。当時、新潮社版で二部に分かれて翻訳されており、とりわけその第一部

『太陽の讃歌』（高畠正明訳）は僕を圧倒した。「八月の荒れ模様の空。ひどく風が吹いている。黒い雲。だが、東の方に、青い、えもいえぬ美しい透明な空がたなびいている」。「白日のもとではとてもかたくなで荒々しいオランの風物は、朝はなんとやさしく弱々しく見えるのだろう。ばら色の月桂樹が両岸に並び、きらきらと光を反射するワジは、明けゆく空とほとんど申し合わせたように調和した色調に染まっている。それに、稜線がばら色に輝く紫の山々。そうしたすべてが、やがて訪れるまばゆい白日を予告している」。

こういう文章を読むだけで僕は涙が出てくるほど感動した。なぜなら、カミュのあらゆる文章の背後には「僕はもうじき死んでしまう」という呟きがあり、僕はそれをはっきり聞き分けることができたから。なにげない風景の描写が、それをじっと見つめている青年の悲しみに彩られている。「アルジェでの夏。緑の空に飛翔する黒い鳥の群れは、いったいだれのために存在するのだろう？　盲滅法で峻烈な夏がじわじわと訪れ、雨燕のさえずる声や新聞売り子の叫び声にいっそうすがすがしい感覚を与える」。「パリ、マルセイユ間急行列車。地中海に向かって下りてゆく。そして、彼は水につかり、世界が残していった黒いきたならしい渋面のような垢を皮膚から洗い落とした。すると、筋肉を動かしているうちに、にわかに肌の匂いが自分に蘇ってきた。恐らく彼がこれほどまでに世界との調和を感じたことは、また太陽の運行と一致したみずからの歩みを感じたことは、いままでにけっしてなかったことであろう」。

当時、僕は僕が生まれたこの世界について知りたかった。この世界について知りつくして、死んでいけばいいのではないか、とも思った。だが、そう自分に言い聞かせた瞬間、別の僕はすでにノーと宣告しているのだ。僕は学問を積み上げて学者になろうかと思っていた。だが、それはやはり貧しい干からびた人生に思えた。いかなる学者の知識も宇宙全体から見ればゴミのようなものであろう。そのゴミにすがって生き、そしてそのゴミを残したことを誇りにして死んでいくのが学者である。これはたいそう虚しいことに思えた。僕はそのころ哲学にからめ取られつつあった。全身で哲学をしたい！　でも、学者には成りたくない。僕はカミュのように哲学をしたかった。世界の創造に立ち会っているかのような新鮮な感受性に基づいて、語りたいことを正確に美しく語りつくすのだ！　『手帖』の中には、『異邦人』の萌芽をなす次のような文章も収められている。「小説。この物語は青い燃えるような海辺にはじまっている。海水浴に来た二人の若者たちの褐色の肌、水遊び、そして太陽……」。僕は小説を書きたかったのではない。自分の感受性に徹底的に誠実な言葉を使えるようになりたかった。「僕はもうじき死んでしまう」という一行を、できるかぎり精緻にできるかぎり豊かに表現すること、そのために生きること、それが僕のその時の決意であった。このすべてを、カミュが教えてくれたのである。

僕は二学期になって、法学部進学をあきらめ哲学に進むことに決めた。それから、長い長い時間が経った。僕はいま自分の仕事に、生き方に満足しているか？　もちろんノーである。だが不思議なことに、年を取れば取るほど、恐ろしいほどの紆余曲折《うよきょくせつ》を経ながらも、一筋の道がくっきり見えてくる。それは、二十歳の時カミュに感動した自分が指し示す道なのである。（引用文の表記は適宜変えた。）

私の血となり肉となった三冊

小学生のころから「もうじき死んでしまい、その後は永遠の無なのだから、何をしても虚しい」という強迫現象のような思いに囚われていた。これに、近い将来人類も滅亡し、膨張する太陽に地球も呑み込まれ、そうしたら生命の誕生はじめこの地上に起こったすさまじいドラマを記憶する者は何もなくなるのだ、という思いが重なっていった。とすると、どう考えても生きる意味はないのだ。時折、こうした私の「問題」を両親や教師たちをはじめ周囲の大人たちに告白すると、一笑に付された。

そこで私は、人生には子供の私なんかが想像できないほど重要な問題があるんだ、大人になったらこんな「子供っぽい」考えは消えていくに違いない、と思っていた。だが、三十歳を過ぎ、四十歳を過ぎても、私の問題は消えない。それどころか、ますます私の身体の深いところに沈殿し、しばしば手のつけられないほど暴れ回り、私を憔悴させるのだった。幸せなことに、私がそれでも沈没せずに生きてこられたのは、この地上にはきわめて僅かだが私と同じ感受性を持つ魂が棲息していることを知ったからである。二十歳のころ、私はそうした魂が書き記した本に巡り会い、「ああ、自分は正しかったのだ！」と叫び、涙の出るほど嬉しかった。サルトルの『分別ざかり』（人文書院）の主人公マチウの脳髄の中には、恋人に孕ませた子をおろす資金を得るために奔走していながら、絶えず「俺は死ぬ」という言葉がぶんぶん飛び交っている。彼にとって、人生はただただ「無用」なのであり、彼はそれを確認するためだけに生きているのだ。カミュの『太陽の讃歌　カミュの手帖――1』（新潮社）からは、死すべき者という残酷な運命に投げ込まれた青年の真摯な呻き声が聞こえる。そして、「たまたま地上にぼくは生まれた」で始まり、「ぼくは死んで埋葬された」で終わる詩を基調にするル・クレジオの『愛する大地』（新潮社）は、南仏の太陽に照らされてこの残酷さだけを嚙みしめて生きる男の物語である。こうした書物が私の「血となり肉となった」かどうかは疑問であるが、自分の問題を共有できる魂を書物の中に発見できて、私はここまで自滅せずに生き続けてこられたのかもしれない。

「社会批判」という気晴らし

若者にきれいごとを語るなかれ

いつも不思議でたまらないのだが、世の大人たちに「大人」の要件を問うと、決まって「責任感」とか「自立」とか「社会性」とか「感情のコントロール」とか……「善いこと」ばかり並べる。自分がそんなに立派でないことを知りながら、問われるとつい理想的な大人を、つまり「きれいごと」を語ってしまうのである。もちろん、現実の子供もちっとも立派ではないが、「子供vs.大人」という図式を前にすると、つい「子供」にはマイナスの符号を、そして「大人」にはプラスの符号をつけてしまうのだ。自分が責任感と社会性を具《そな》え自立し感情をコントロールできる立派な大人になりえていないことぐらいすぐわかるであろうに、自分が実現できなかったことを次世代に押しつけるのは酷というものだ。人間は悪を食らって成熟するほかないという、ルソーからカントを経てニーチェまでえんえん主張されてきた絶対原則を、現代日本の「文化人」たちはすっかり忘れてしまったのであろうか？

こうした観点から、本稿では嘘は言わないことにし、大人の要件として「悪への自由」と「理不尽に立ち向かう能力」の二つを挙げて、ついわれわれが陥ってしまう「大人立派論」からの脱却を図りたい。

Xが責任能力の主体として認められるとは、Xがいわゆる倫理的な者、すなわち規範意識を有し善悪の判断ができる者であると認められることである。しかし、――断じてここを間違ってはならないが――このことは、Xがいわゆる「善いこと」をする者と認められることではない。むしろ、逆なのだ。責任能力のある者とは、ある行為が「悪い」と知りつつそれをすることが「できる」者なのであり、だからこそ彼は自分の意識と行為とのズレに対して責任をとるのである。もし、Xが四六時中「善いこと」しかできないような存在者であるとしたら、彼は責任主体ではないであろう。彼は放っておいても、いわば自動的に善いことをしてしまうのであり、自動的に悪いことを避けてしまうのだから、彼に責任を「問う」場面が永遠に開かれることはない。われわれが責任主体としての大人として、こういう存在者を想定しているわけでないことは明らかである。責任主体とは、悪いことが「できる」のでなければならない。しかも、観念的に「できる」だけではなく、現に「できる」のでなければならない。われわれは金輪際「できない」ことに対して責任を問うことはないのである。

そして、子供は責任主体ではないのだから（あるいはそれが大幅に制限されるのだから）、いくら世の中に害悪を撒き散らしても、（少なくとも大人ほど）悪いことが「できない」とみなされる。これは――誤解している人が多いが――子供が純心であるからではなくて、子供を保護するという名目で近代（西欧型）社会がこしらえ上げたフィクションにすぎない。Xを大人として認めるとは、彼をこのフィクションから解放してやることである。つまり、彼のうちにうごめく悪への自由という「自然＝本性（nature）」を認めてやること、彼を「本当のこと」を知らせていい強者（大人）として認可することである。

次に大人の要件として挙げたいのは、現実の社会における凄まじいほどの理不尽に立ち向かう能力である。自分を棚に上げて「この社会は穢《けが》れている！　間違っている！」と叫んで周りの者を弾劾し続ける少年、「人生不可解！」と叫んで華厳の滝から飛び降りる青年は掛け値なしの子供である。大人とは、他人を責め社会を責めて万事収まるわけではないことがよくわかっている者、人生とはある人は理不尽に報われある人は理不尽に報われない修羅場であること、このことをひりひりするほど知っている者である。（いわゆる）正しい人が正しいゆえに排斥されることがあり、（いわゆる）悪い奴がのほほんとした顔でのさばっていることもあり、罪もない子供が殺されることもあり、血の出るような努力が報われないこともあり、鼻歌交じりで仕上げた仕事が賞賛されることもある。いや、そもそも人生の開始から、個々人に与えられている精神的肉体的能力には残酷なほどの「格差」があり、しかもこれほどの理不尽にもかかわらず、――なぜか――「フェアに」戦わねばならない。こうした修羅場に投げ込まれて「成功している奴はみなずるいのさ」とか「世の中うまく立ち回らねば」という安直な「解決＝慰め」にすがるのではなく、この現実をしっかり直視する勇気を持つ者、それが社会的に成熟した大人であるように思う。

われわれが大人として最も鍛えられるのは、江戸時代のキリシタンや戦前のアカ（共産党員）

のように、理不尽に迫害されるときであろう。自分がキリシタンであることを知られると一族すべてに身の危険が及び、アカであることが判明すると、家族や親戚さらには友達に至るまで絶大な迷惑をかける。しかし、自分の信念をそうやすやすと変えられるものではない。つまり、自分の信念と共同体の掟とがずれているとき、人は身体の底から悩み、しかも解決が見出せない（どちらに転んでも「悪をなす」）のである。だが、だからこそ、こうした試練がわれわれを「大人」へと鍛えてくれることも確かである。

そして、現代日本でも、じつは誰でもある意味で理不尽に迫害されているのだ。理不尽にいじめに遭い、理不尽に失恋し、理不尽に職を失い、理不尽に事故に遭う。誤魔化さないかぎり、「なぜ、この自分が？」という問いは虚空にこだまし、答えが返ってくることはない。こうしたとき、この「なぜ」を消すことなく、答えのない問いを大切にして生きること、それが大人として生きることなのだ。

子供は自分が他人を理解する努力をしないで、他人が自分を理解してくれないと駄々《だだ》をこねる。他人の悪口をさんざん言いながら、自分がちょっとでも悪口を言われると眼の色を変える。濡《ぬ》れ衣《ぎぬ》を着せられると、もう生きていけないほどのパニックに陥る。いじめられると、あっという間に自殺する。だが、大人は、他人を理解する努力を惜しまず、他人から理解されないことに耐える。悪口を言われたら、その原因を冷静に追究する。濡れ衣を着せられたら、いじめに遭ったら、あらゆる手段でそれから抜け出すように努力する。このすべては、——誤解しては困るが——

「善いこと」あるいは「立派なこと」をする能力ではなく、この世で生きるための基礎体力なのだ。私はわが列島の津々浦々に響き渡る「思いやり」や「優しさ」の掛け声に反吐《へど》の出る思いであるが、こうした体力に基づいてこそ、他人に対する本当の「思いやり」や「優しさ」が湧き出すように思う。

だから、われわれ（少なくとも凡人）は理不尽さに引き回されなければ、この意味での生きる力を養うことはできない。理不尽を避け理不尽から逃げても、自分を騙し続け他人を責め続ける貧寒な人生が待っているだけである。人生の理不尽を変えられないのなら、いっそその渦の中心めがけて身を投げ出し、その微妙な襞《ひだ》に至るまで味わい尽くすくらいの気概があってもいいのではないか。それが、正真正銘の大人というものである。

「生意気な学生」が絶滅した

このところ（つまり私が大学の助手になってからのここ二十年くらいのあいだ）、学生がめっきり「いい子」になった。まじめに授業を受けて、まじめにノートを取り、そしてまじめに試験に臨み、あるいはまじめにレポートを提出する。

私が大学に入ったころ（一九六五年）は、いわゆる大学紛争時代の前夜であり、門をくぐるや否や、何十人もの学生運動家たちがマイク片手にがなりたてていた。教室に入ると、すべての机の上に何枚ものビラが撒かれていて、それを掻き分けてドイツ語の教科書を置くと、教官が入ってくる前のひと時、またもや学生運動家が数人どやどや教室になだれ込んできて、黒板を背に「われわれはー、……六〇年安保におけるー、……官権によるー、……あの暴力をー、……忘れてはー……ならずー……」と大声で演説を開始する。やがて、ひ弱そうなドイツ語の教授が入ってくると、黙約が敷かれているかのように、彼らは教授に軽く会釈すると、（すごすごとではなく）さっさと次の授業開始前の教室に向かう。教授も、いま自分は何事も見なかったと確認したかのように「ええと、今日は五課の途中からですね」と授業を始める。出席学生は減る一方で、四月はじめに五十人近くいたのが、連休を過ぎると半分に減り、夏休み前には十人を切ってしまう。教授はそんなことにはまったく無頓着で「ドイツ語を教えるのも習うのもつまらないに決まっている」という信念を丸出しにして、どこまでも不機嫌に授業を進めていくのであった。

学生会館では学生たちが「革命の段階としては、まずプチブルを巻き込んで、次にブルジョアを攻撃するしかない！」とか「東京都心で市街戦になったら、どのように官権と闘うのか？」など、大真面目に議論していた。何も知らなかった私は、もうじき革命が起こるのかもしれないと思ったものである。

それから、三年ほどして、パリにおける学園闘争がわれわれ駒場（教養学科）の学生のあいだでも話題となり「○○君は帰国できないようだよ」とか「いま、パリに入る道はすべて封鎖されたそうだ」とかの噂が流れ、異国の話だと高を括っているうちに、あっという間に駒場にも火がついた。そのあたりのことは、多くの人が知っていることなので、ここには書かないが、当時の（少なくとも）東大生はとても「生意気」だったと思う。とくに、教官に対しては反抗の限りを尽くした。敵は権威一般であり、その目に見える代表が「そこにいる」東大教授なのだから、まことに理にかなったことである。大衆団交では怒鳴り散らし、「おまえ！」とどやしつけ、東大法学部の部屋部屋には名誉教授たちの写真が高いところに厳かに飾られていたが、それらもすべてぶち壊された。

当時の平均的東大生は、一方でごく少数の教授たちを尊敬しながらも、他方ほとんどの教授たちを観察して、「ああはなりたくない」と切実に思ったものである。貧弱な身体を粗末な背広に包み、見るからにもてなそうで、おそろしく不器用そうで、それでいてプライドだけは病的に強い中高年の男たち、しかも学問的に尊敬するところはゼロなのである。

大体、どんな授業でも、いま講義している教官よりずっと優秀な学生は教室内に二、三人はいたのであるから、集まると教官の悪口ばかり言っていた。A教授がいかに無能か、B助教授がいかに不勉強か、C講師がいかに知的センスに欠けるか、という噂話に花を咲かせる。教官のほうでも、そんなことは知っており、「若気のいたり」と寛大に見守ってくれた。なぜなら、数十年前、自分たちもその通りであったのだから。

可能性をもっているというだけで、それを使い果たしてしまった者たちを軽蔑する資格があると思い込んでいる生意気な者。自分の未来の可能な姿を分不相応なほど高いところに掲げて、眼前に控える現実の教授たちを見下す輩。あいつも「お笑い種」こいつも「愚の骨頂」と、現在の社会的成功者をことごとく切り捨てて、周りから尊敬を得ようとするさもしい奴。意気揚々と家（下宿）に帰り、落ち着いて考えてみると、自分の貧しさとその裏にあるコンプレックスに身が震え、脇の下から汗がじっとり出てくる。とはいえ、また仲間の前に出ると虚勢を張ってしまうのである。

こういう「身のほど知らず」のかわいらしい学生が、このところめっきりいなくなった。現代日本の学生は、総じて自分の「分」をよく知っていて、宇宙遊泳的高望みはせず、しっかり現実を直視して、堅実に、まじめに、生きている。ああ、つまらないことだなあ！　堅実な人生なんて、三十歳を過ぎたら、腹いっぱいどころか、食べたくなくても無理やり口の中に詰め込まれるのに！　青年たちよ、そんなに急いで分別くさくならなくていいのだよ。その歳になれば、放っておいても、みんな実現不可能な夢を語れなくなり（語っても誰も相手にしてくれず）、自分の身の丈に合った無味乾燥な話しかできなくなるのだから。

テレビよ、さらば！

——テレビなどご覧にならないというイメージがあるのですが。

いや比較的よく見ますよ。国会中継、スポーツ中継、討論番組。休みの日など二、三時間見ることもあります。BS放送ではヨーロッパの美しい街並みを見ることができるし、『そのとき歴史が動いた』はたいへん参考になる。『新・日曜美術館』も欠かさず見ます。朝の連続テレビ小説『どんと晴れ』も見ていました。主人公はどんなにいじめられても辛くても、いつも笑顔、笑顔、笑顔で乗り切っていく。しかも誰の悪口も言わない。あんな人、現実にはいません。朝八時十五分から始まるから、くじけず頑張る主人公を見て、主婦が「私も頑張ろう」という気持ちになるようにと確信犯的につくられているのでしょう。私は笑顔が嫌いだから、見るたびにぐったりしていたのですが、コミュニケーション論という観点からすると、一つのモデルになるから貴重なのです。また物書きですから、材料を探すという意味でもテレビは見ますよ。

——逆にご覧にならない番組というと。

残酷なものはダメ。私はずいぶん残酷で、とくに人に対しては残酷なのですが、殺人シーンとか手術の場面とかシマウマがライオンに食い殺されるようなシーンがある動物番組は見ません。それからお笑い系の人たちが多く出ている番組。「ダウンタウン」の笑いを研究テーマにした学生がいて、なぜ面白いのか番組を録画して見せてくれたのですが、五回説明されても理解できませんでした。

――出演依頼もありますか?

本が売れるようになった十年ほど前から依頼はある程度ありますが、いまのところ出ていません。その理由はいくつかあって、一つはテレビが、人の思考、とくに感情を操作するということがわかっているからです。

ゲストやコメンテーターと呼ばれる方たちは、一見、自由に語っているように見えますが、皇室や差別問題や、あるいは社会的弱者に対する配慮といった面で、がんじがらめの圧力のもとで見解を語らなくてはならない。つまり自分の思考や感情をそのまま語ることが許されていない。

その事態は、哲学に携わっている者からすると信念に反することなのです。若いころウィーンに留学していましたし、いまも毎年滞在しますからヨーロッパにある程度通じているのですが、あちらのテレビでも弱者への配慮といったことはありますが、日本のテレビの圧力は段違いに強い印象を受けます。実際出たことがないのでこれは推察ですが、局側があらかじめ「これを言ってはいけません」とか「この言葉を使ってはいけません」と具体的に指示をしているのではなく、暗黙のうちに出演者に期待していることがあるのではないか。悲観的なことを言わないように、あるいは反社会的・非社会的な発言は慎むように、という期待です。そうした観点から見ると、コメンテーターの方々は実に見事に対処しています。

哲学者はそもそも非社会的、すなわち反社会的な存在です。だから、例えば街頭インタビューで「あなたにとっていま何が問題ですか?」と問われたとき、「他人がはたして存在しているのか、ということが問題です」と私が答えるなら、そのような答えはカットされるでしょう。そうした非社会的で、しかも番組側が期待する答えとかけ離れた言動は、有無を言わさずカットするという姿勢がとても強いと思います。私に出演を依頼するということは、「哲学者」を期待していてのことでしょうが、さまざまな表現に暗黙の規制がある以上、基本的なところで相容れないわけです。言葉や表現に関しては自分たちに合わせろという感じですから。テレビでは「なぜ人を殺すことは悪なのか?」という問いを真面目に持ち出してはいけないし、悲惨な事故や陰惨な事件が起きたときに「それはもしかしたら、起こることがもともと決定されていたことかもしれない」と決定論的な議論を口にしてはならない。私は哲学的な議論をしたいわけですが、それができないことがとてもきつい。

哲学は常に人間の基本的な枠組みに対して疑いを持つところから出発します。大多数の人がきれいごとで済まそうとすることを切り崩していく。そういう私の信念に従って発言すれば、それはほとんど不謹慎な発言になり世間から袋叩きになる。そう考えると、いちばんいいのはテレビには出ないということになります。

――表現の自由、それが出版も含めメディアの生命線なのですが。

たしかにメディアは表現の自由をさかんに言います。しかし例えば、私は皇室に対して反感などまるでないし、はっきり言えば私にとってはどうでもいい存在なので、皇室のニュースに関して感想を求められたとき、「まるっきり無関心です」と言いたい。しかしテレビはそれを許すでしょうか？　表現の自由を言うなら、それはどう考えてもおかしい。皇室に反感を持たず、そもそもそれほど関心もなく、どうでもいいと思っている人は少なからずいると思うのですが、そうした声をすくいあげることをせず、一方で報道の自由とか、表現の自由を標榜する。そこらへんが私にとってはいちばんの疑問なのです。

しかも苛立たしいのは、この疑問をどこにぶつけても、どうにもならないことです。NHK会長のところに行っても、ジャーナリズムの何とか協会に行っても、裁判所に行ってもダメでしょう。なぜかというと、規制が見えるかたちで設けられているわけではなく、それは暗黙の前提だからです。うちのテレビ局ではコメントについてかくかく云々の規制を設けているということを知らせたうえで放送するというのならわかります。「中島先生、哲学者といえども非人間的なことや人を傷つけるようなことは言ってはいけません。ではコメントを」とくるなら「わかりました」となる。それならいいと思いますがね。

――一種の言論統制があると。

一種のではなく、完全な言論統制です。それは基本的に出演者だけに対するものではなく、全体的な言論統制になっている。また、その姿勢とごく近いところに感情統制といったものもあります。国民的な関心事となる大地震や大災害が起こったとき、キャスターやゲストやコメンテーターは「私は無関心なんですけど」と言ってはいけないわけで、「この規模ならもっともっと死ぬんじゃないですか」とも言ってはいけない。しかし考えるまでもなく、ふだんの会話の中で反社会的な話をしていることはよくあることです。そうした自然さをテレビの中で表現してしまうと、瞬間的に「とんでもない奴がいる」となってしまう。

有名人が死にますね。するとテレビは「いい人だった」とか「惜しい人を亡くした」と故人を褒め上げる。イヤな奴は死んではいけないのでしょうか？　「死んでも何ともない。本当にイヤな奴だった」と、愛を込めてではなく、普通の意味で言ってもいいはずです。また殺人事件が起こると被害者の周囲の声は「いい人だったのに」とか「誠実な人だった」とか「親孝行だった」といったものばかり。悪い人間だっているはずです。そうした反応は、結局は演技、つまり感情統制されているということで、しかも問題は、テレビに出ている人に、その自覚がないことです。感情を統制される世界――それは異常な世界ですよ。

テレビでは真実を言ってはならず、人間にとっていちばん基本的な感情である喜怒哀楽を完全に統制し、枠にはめてしまう。にもかかわらず、繰り返しになりますが、いかにも自由な報道をしているかのような態度をとっている。私はテレビに思い入れがあるし、また期待している部分もありますから、よけい不満も大きくなる。

天気予報など罪がないと思われているものでも、私は不快です。「洗濯日和です」とか「寒いから厚手のコートを」とか「しっかりした傘をお持ちください」などと言う。親切心なのでしょうが、よけいなお節介です。世の中にはいろんな人がいて、いろんな感受性が存在しているのに、傘の種類や着るものまで誘導・強制しようとする。私のように太陽がぎらぎらしているより雨降りのほうが好きな人種だっている。それを「朝から雨でうっとうしい天気です」と片づけられる。老人だから早起きなんですが、早朝の番組に出演している女性たちの声は甲高くて明るくて、たえずにこにこ笑っていて、すごく不快です。「今日は快晴でーす」と満面の笑み。だから、ほとんど音を消して見ています。

——バラエティーは、なぜご覧にならないのですか。

私は老人なので、若い人が多く出ているというだけで苦手だからです。バラエティーは非常に多いですね。ちょっと見て感じることは、いじめやKY（空気が読めない人をいう）といったことと、かなり構造が似ているところがある。そのノリについていけないと終わりなんでしょうね、取り残される。そこでは雰囲気を快活に保つという大原則があって、ぜんぶ笑い飛ばす。とにかく多数派によってつくられる場の空気に合わせなくてはならない。私は小さいときからそれで苦しんできたのですが、あそこでは真面目はつぶされます。若い人たちがバカ騒ぎをする番組があってもいいのですが、そういう番組しかない。といって、真面目になると、いきなり引きこもりやリストカットのドキュメンタリーになってしまう。

私が個人的に不快なのは、お笑いタレントがいろんなかたちで力を持っていて、あたかも多数派を代表しているように振る舞うことです。彼らに専門的な知識はないのですが、専門的なことについても意見を言ったりする。「爆笑問題」は嫌いではないのですが、専門の科学者に対して、「私は小学生のときから成績が悪かった」ことを武器にして、あたかもそれが偉いことのような態度をとっている。古典的な考え方ですが、学問というものは努力が要り、高度な知性を必要とし、もともと理解することは容易ではない。しかしテレビに出る学者側も、普通の人にわかるように、茶化されながらもやさしく対応する。「あなたにはわからないでしょう。理解するためには十年かかるから」とはっきり言ったっていいのです。

学問を含め、すべてを庶民的な視点、お笑い的な視点で見ていこうとするから、お笑い系タレントがテレビを席巻する。私がイヤなのは、わかる努力をしようともしない人のところへ、なぜわかっている人が降りていかなくてはいけないのかということです。無知な私にわかるように学者や専門家は話すべきだ――こうした要求を出す人が当然のようにのさばっている状況がある。わかりやすさ一点張りのテレビの世界が一目瞭然です。そのわかりやすさの中に、感情のわかりやすさも含めてしまって、だんだん人間的に鈍くなり、単純になっていきます。

価値は多様化していると言われますが、明るく快活で面白い、そういう人間への評価が高く、それが過剰なまでにテレビに反映されていますから、お笑いを含めたテレビ番組では単純な価値観にのっとったものが多い。多くの人が指摘しますが、感受性が単純化しているのです。いいか悪いか、きれいか不細工か、偉いかバカか、というように。

――過熱報道も目にあまります。

小学校教師が女子生徒の胸をさわったりすると大ニュースになりますが、国民的に糾弾しなければならないほどの大事件なのでしょうか。以前、有名大学教授が手鏡を使ってのぞき行為をしたと大騒ぎになりましたが、男性のセクシャリティの問題からすればよくある話です。絶対に捕まらないとわかっているなら、男性の大半は徒党を組んでのぞきをするでしょう。

手鏡の教授の事件のとき、私は魔女裁判をイメージしました。教授の破廉恥ぶりを批難するコメンテーターたちは正義感あふれる人なのでしょうが、彼ら彼女らは魔女裁判のときに「魔女だ、魔女だ、火あぶりにしろ」と叫んだ人たちと似ている。そうした単純な正義感一色に染まることは、多様性を殺す暴力にもなりうるということを知ってもらいたい。逆に言うとテレビはそれだけ影響力があるのだから、意外な見解も出す、それが非社会的・反社会的な意見であっても織り交ぜたほうがいい。難しいかもしれませんが、そのほうが子どものためになります。世の中はとてつもなく複雑で、ネガティヴなこともたくさんあるわけですから、健全で善良なものだけで世の中が成り立っているわけではないということを自然に教えることができる。「人間能力には差があるのだ」とか「どんなに努力しても報われないことは多々あるのだ」ということを、はっきりと伝えるべきなのです。そうしたことはないかのような幻想をふりまいている。

常に正義の立場からものを言わなくてはならないという感情統制は、とても危険です。感情と言葉がずれ、本当に自分が感じていることを語ってはならず、感じていないことを語ることが続くと、人はおかしくなってしまう。テレビの世界はそういうことが多い。そこでは人間の自由な発想とか個人的な考えが殺されていくのです。

またテレビの独特の価値観に「家族信仰」があります。大切なものは家族だという価値観の押しつけ。良好な家族関係を維持している人は何とも思わないでしょうが、世の中には家族を持ちたくても持てない人もいるし、家族のためにひどい苦労をしている人もいるのに、酷ですね。「家族信仰」に疑問を持つ人が多くいるのに、見ようとしない。「家族という名の下にすべてのことが許される」という空気が支配的な中で、「家族はそれほど大切ではない」と表現してはならない。「奥さんが事故です」と聞けば「ああ、そうですか」と無関心であってはならず、夫はすぐ病院へ駆けつけなくてはならないのです。「妻が死にました」とか「夫が死にました」なら周囲はさぞ悲しくてつらいだろうと思ってくれますが、「不倫相手が死にました」と言ったら、同じように思ってくれるでしょうか。のど自慢で「九州のオフクロに捧げます」という絶叫は共感されても、「愛する二号へ」とか「愛しい私のヒモへ」とは言えない。つまり人間関係の公認されたかたちしか認めないのです。

正統でないものは認めない。このことははっきりしています。しかし本当はみんな知っているんです。奥さんより愛人のほうが大切な場合があるということを。魔女裁判と同じで、健全さばかり強く期待する空気は、じつは強力な暴力装置となるのです。変わった人は排除されるし、

「健全になれ、健全になれ」という圧力が異常に強まるからです。私の母は、父の死よりペットの犬の死を悲しがっていましたが、それを表現してはならない、それがテレビです。

――スポーツ中継はどうでしょう？

私自身、スポーツはまったくしませんが、見ることは嫌いではありません。そこで感じるのは、いまだに日本は国粋的だということです。テレビを見ている人はみな日本人で、しかもみな日本を愛し応援しているはずだという大前提がある。つまりここにも、絶大な感情統制があり、日本人選手が優勝すると、「みんなにすばらしい贈り物をありがとう」とか「みんなを幸せにしてくれました」などとすぐに「みんな」を押しつけがましく持ち出す。

たとえば、世界陸上の進行役（織田裕二）の煽り方も過剰です。過剰に期待させて、過剰にがっかりしてみせる。「もうわかった、もっと自然にやってくれ」と思う視聴者も大勢いると思いますがね。とにかく饒舌とおおげさな口調、それにお節介が不快だから、たいてい消音モードで見ています。ちなみに、あらゆる実況中継のアナウンサーの饒舌さも不快です。マラソンで「いま、ちらっと振り返りました」とか「わき腹を押さえています」なんていうのは、画面を見ていればわかるのであって、わざわざ言う必要はない。程よいのは大相撲中継くらいでしょうか。

選手たちのコメントも平均的で無難で優等生的ですね。何を聞かれても、「支えてくれた人たちのおかげです」とか「みんなに感謝したい」といったものばかり。誰か「このメダルは、みんなのおかげというより、自分自身のたゆまぬ努力で勝ち得たものです」くらい言いませんかね。

没落日記

一月×日

二〇〇八年も何の感慨も希望もなくスタート。ニーチェは『ツァラトゥーストラ』の中で「没落（Untergehen）」しなければならない、と説いている。没落とは、世間の（キリスト教的）道徳的価値観から没落することであるが、それはそのまま「根拠に至ること（zu Grund gehen）」でもある、という二重の意味を含みもっている。そうだ、今年は以前にも増して生活のあらゆる面において没落に精出さねばならない。

日本の調査捕鯨をオーストラリアの環境グループが暴力的に阻止しようとし、逮捕されたというニュースが入ってくる。「環境テロリスト」というそうだ。こういうニュースを見聞すると、自分の信念を実現するためにもっと真剣に戦いもっと没落しなければ、とシンから思う。いままで、放置自転車をけり倒したり、駅員のマイクを奪って線路に投げ捨てたり、酒屋のスピーカーを引き抜いて民家の池に捨てたり……この程度の軟弱な抵抗に留めておいたが、こういう武勇伝を目の当たりにすると、自分の戦い方は甘いなあと痛感する。いまから南氷洋に行って彼らと合流してもいいのだが、一方で、鯨肉は口に入れるのも汚らわしく、また他方、鯨が全滅しても一向に構わないので、「どちら」につくべきかわからないのだ。

一月×日

株価が下がっているそうだが、何の興味もない。だいたい株券など見たこともないし、当然所有したこともない。みずほ銀行の行員で哲学を志すH君（その後東大の大学院に入った）が私の哲学塾に来ていたとき、「ここは資本主義じゃないみたい」とボソッと言ったのがおかしかった。私はどうも「儲ける」こととか「得する」ことが嫌いである。その結果、自分なりにずいぶん働いていると思われるのに、不思議なほど金がたまらない。世論調査によると（不動産を除いて）一億円以上の資産を有する日本人は百二十万人を超えるそうだ。（家内がいくら貯めているか知らないが）銀行にいつも数十万円の残高しかない自分は、かなりの貧乏人であることが判明した。時々、大学に財テクの電話がかかってくるごとに怒鳴りつける。「研究室にそんな電話するな！何しろ儲けたくないんだから！」

一月×日

中国製の冷凍餃子を食べた者が次々に中毒症状を起こす。朝から晩までテレビも新聞もこのニュース報道でてんてこ舞い。食べた者が全員死んだわけでもないのに、何でこんなに騒ぐのか理解に苦しむ。まじめ腐ったキャスターたちの表情のすぐ裏に、中国（製品）に対するバッシングの「臭い」を嗅ぎつける。だいたい現代日本には食物が多すぎるのであって、九割の物はなくてもいいのである。あらゆる餃子がいますぐなくなっても、いやすべての中華料理がわが国から消え去っても、私は何の痛手も受けないであろう。

巷では、昨年暮れから赤福や吉兆といった老舗が偽りの表示をしたのは許せないという怒りが渦巻いているが、これこそ偽りである。われわれ日本人はみな「偽り」が大好きなのだ。結婚式では、みんな花嫁さんが「綺麗だ」と偽りを言う。有名人が亡くなると競って「ご冥福をお祈りします」と言う（これどういう意味？）。他人の家に招待されたとき、奥さんの手料理はどんなにまずくても「とってもおいしい」と言う。昨年の暮れ、ある寺の住職が二〇〇七年を漢字一文字で「偽」と表わしたが、つまりごく普通の年であった、ということである。

二月×日

米大統領予備選挙真っ盛り。スーパーチューズデイを経てオバマ候補は勢いを増している。どっちが勝ってもどうでもいいはずだが、ヒラリーの傲慢不遜とも言える態度に反発を感じ、反作用としてオバマを応援したくなる。ヒラリーこそは、私のイメージの中の強いアメリカ女性の標本である。こうまで軽佻浮薄なアメリカ的ポジティヴ・シンキングを肌のように身に纏《まと》った者、すなわち「没落」しない人も珍しい。彼女をガツンとぶん殴ってくれるヤツなら、誰でも応援したくなる。それにしても、今回のニュース報道はまるで民主党の大統領指名候補がそのまま大統領になって当たり前といった趣である。時折ふっと共和党も「存在しているのだ」と想い起こすが、またすぐに「忘れて」しまう。ついでに誰も言わないから言ってしまうと、マケインという名が「負け因」のようでよくない。それにしても大統領選を観戦していて一番わからないこと、それはなぜかくも多くの人が大統領になりたいのか、ということである。

二月×日

早朝、カーテンをさっと開けると雪景色である。ほんのり明るい空から白い粒々が斜に空間をよぎっていく。「いいなあ」とそのままガラス窓をむき出しにしておくと、やがて降り止んだ。シューベルトの『冬の旅』はすばらしいが、最初のリートがとくに好きである。疲れ果てた一人の青年が雪を踏み分けて貧しい村にたどり着く。この光景にカフカの『城』において、一人の測量士が雪に埋もれた村に到着する光景が重なる。先月の二十日から、友達の英語教室を借りて、「哲学塾カント」を開設した。開始に当たって二つの理念を掲げた。第一に、儲けてはならないこと、第二に、有名になってはならないこと。ホームページに載せたときから三日目で、三講座(一講座十五名)とも定員に達したので締め切った。今日は雪だからどうかなあと思ったが、三時半の定刻にはもう全員集まっていた。早速、「机」が「現象する」ことと「存在する」ことの差異に関するサルトルの込み入った議論を読む。みんな真剣そのものである。あちこちから訴えるような眼差しの矢を感じるが、あえてそれらを振り払う。彼らがここに来る動機は知らない。だが、朝から晩まで洪水のように「有益なこと」を見聞し疲れ果てて、こういう「無益なこと」に精神を集中させるのが無性に楽しそうである。それが実感できる限り、私は塾を続けるであろう。

二月×日

ソウルの南大門が全焼。このニュースを知ったとき、「木造はやはり完全に焼けるのだな」とだけ思った。世界遺産だの国宝だの、後生大事に何でもかんでも保存している風潮には反発を感じる。どうせ人間は皆滅びるのだから、物体も適度に滅びていいのではないかと思う。このままのペースでいけば、いまに地球上、世界遺産だらけとなってしまうであろう。だいたい、後世のために保存するという発想が錯覚である。それも二重の。なぜなら、第一に、もうすぐ自分は死んでしまい、その後南大門とは完全に無縁になるのだから。そして第二に、いずれ人類も滅亡するのだから。南大門も厳島神社も人類にとってのみ大切なものであって、ゴキブリやサルモネラ菌にとっては何の価値もない。

「哲学」という気晴らし

ひきこもりと哲学

ひきこもっている若者は哲学しているのか？　あるいは、哲学らしきものをしていながら、そのじつ哲学とはまるで無縁の考えごとにかまけているだけなのか？　このあたりの分析はなかなか難しいが、「無用塾」という名の哲学塾を八年間（二〇〇四年秋閉鎖）主宰した経験から、――三百人以上の参加者があったが、彼らのうちかなりの者がひきこもり、あるいは準ひきこもりの青年たちであった――大体こんなところではないかなあと思うところを記してみたい。

ひきこもりの青年たちが誰しも「哲学している」ように見えるのは、次のような事情による。すなわち、彼らは、社会生活を営むうえで重要な二つの要素である「仕事」と「人間関係」をその実存の最も根底的な層で拒絶しているからこそ、しかも、生きることそのことを拒否していないからこそ、彼らの心を占める唯一の関心事は自然なかたちで「生きること」それ自体になる。

彼らは、すでに人生の不適格者、敗者であることを自認してしまっているのだから、いかに自分の適性を見つけるか、いかにそれを伸ばすか、いかにそれを武器として世間的な評価を得るか等々、これから人生に乗り出そうとする健全な若者が抱くはずの願望は、そのからだから剝がれ落ちてしまっている。

では、そのとき真摯な「問い」として、彼らに何が残っているのか？「いかに生きるべきか？」という問いではなく、その一段下に位置する、「生きるとはどういうことだろう？」という問いである。「どうせ死んでしまうのに、なんで生きているのか？」「ぼく（私）は、なんで生まれてきたのだろう？」「なんで苦しみあえいで生き、そして死なねばならないのだろう？」という問いである。彼らは日々、いや刻々こうした問いをからだに突き立てて生きている。こうした問いが、彼らのからだの奥深くまで食い込み、血を流させ、叫び声を上げさせる。

ここまでは、たぶんひきこもりの若者一般に共通なことである。ひきこもりに限らない。犯罪者として独房にぶち込まれたり、心から愛する者が死んだり、癌で余命一年と宣告されたり、交通事故に遭い回復不可能な重傷を負ったり……人間とは、追い詰められ、そしてその解決がさしあたり見いだせないと、かならずこうした問いにからめとられるのだ。それが、人間の偉大なところである。

だが、大部分のひきこもる若者たちは、この問いに留まることができない。ここに留まることは、あまりにもきつくあまりにも虚しいからである。こうした問いは、正しい答えが足元にごろんと転がっているわけではない。問えば問うほど、五里霧中になる。毎晩こう問いつつ眠りにつくとしても、しだいにぐるぐる回りしている自分に気づく。そのうち、答えを求める態度がしだいに希薄化し、それとともに——残酷なことに——問いそのものも薄汚れた看板のような貧相な姿をさらすようになる。

問いは根本的であり、人間の尊厳を示すほどの輝きをもっている。だが、実際のところ、こうした問いは――問いを発する者がほかの面で社会的に評価されないかぎり――世間では一顧の価値もないものとみなされる。現代日本で、日々こうした問いにのみかかずらって生きているホームレスの男が「哲学者」であるとは誰も信じないであろう。樽に住む乞食哲人ディオゲネスの評判を聞き知ってアレクサンダー大王が召抱えようとしたという逸話があるが、そのように、いつかホームレスの男に東大の哲学科教授への招聘の声がかかることはないであろう。彼は単なる「変人」として、あるいは人間的魅力があれば、ホームレス仲間から「哲学者」というあだ名をもらって、しばらく生き、そして死ぬだけであろう。

問いに単に留まること、おまじないのように「どうせ死んでしまうのに、なんで生きているのか？」という問いを繰り返していることは、じつは問いを放棄することなのだ。問いにほんとうの意味で留まるには「力」が必要であり、しかもおそるべき強固な「力」（具体的にどういう力かはあとで説明する）が必要である。

ひきこもっているほとんどの青年は、先に述べたぐるぐる回りが始まると、これにこだわりつつも、どうにかしてそこから抜け出したいと願う。ここで、ある男は問いをひとまず傍らに置き、からだに鞭打って「ほかのこと」に眼を向けようとする。だが、求人情報誌を手にしても、専門学校案内を手にしても、そこには恐るべき現実的な世界が広がっているのだ。人間が死ぬことがないかのような、世の中には理不尽なことがないかのような、そして、すべての人が特殊技能を身につけて社会に貢献することが唯一の正しい生き方であるかのような薄っぺらな記事ばかりである。そこで、彼はうんざりする。

さしあたり英会話学校に行って英語力をつけようか？　いや、もっと目標を高くもって、法科大学院を受験し、ゆくゆくは弁護士になろうか？　一瞬、彼の胸の鼓動は高まる。重く垂れ込めた雲のあいだから陽光がきらめき、すっきりした青空が広がっていくような気がする。だが、こうした精神の高揚もつかの間、やがて、彼は「でもそのあとは？」と考えてしまう。英語ができる者なんか、掃いて捨てるほどいる。よくよく考えてみれば、弁護士としての仕事にはまったく興味がない。だいたい自分は弁も立たず、人前に出るのもいやなのだから、弁護士に向いているはずがないじゃないか。というわけで、あっという間に（何もしないうちに）彼は転倒してしまうのだ。

彼は、こうして新たなピストン運動にいそしむことになる。ある日ふっと自分の部屋の中で「希望」をもち、自分ひとりでそれを掻きたて、やがてそれをもみ消す。彼は、そうしながら、自分が自己欺瞞の虫に食い尽くされていることを知っている。世間に出る「希望」をもつときは、突如現実的になる。そして、ありったけの狡さで最も効率的な成功を企てる。あるいは、人聞きのいい学校、人聞きのいい職場、人聞きのいい収入等々、念入りに世間体を考える。そして、その「希望」が萎んでしまったとたんに、急遽やはり自分は人生の根本的な問いにかまけているから、人生の理不尽を知ってしまったから、世間に出られないのだ、という言い訳がむくむく頭をもたげてくる。

長いあいだ、こうしたピストン運動を繰り返しているうちに、どんなに鈍感な奴でも自分の欺瞞性に気づくようになる。そして、ここから、自分のうちにとぐろを巻く欺瞞性との陰湿でくたびれはてる闘いが開始されるのである。

ほとんどのひきこもる青年が、このピストン運動に留まり続けるのに対して、きわめて少数であるが、まさにここで、ある種の青年は「哲学」へ向かう道を見出す。これまで記述したぐるぐる回りやピストン運動は、それ自体哲学ではない。哲学の土地を確保しただけの段階である。まさに、この土地に哲学の木は育つのだから。だが、ほとんどの者は、そこを耕すことすらしない。

この土地を耕すこと、それはいかなることなのか？「たまたま地上に生まれて、もうすぐ死んでいかねばならない」という理不尽は誰でも考えることである。だが、この身も凍るような残酷な事態を、ほとんどの者は徹底的に追究しない。ごく少数の者だけが、ここから哲学を開始する。その者を「あなた」としておこう。

あなたはすべてを洗いざらい吟味して、この問いに正面から向き合い、この問いが広げる視野を正確に測定し、その視野の広大さに圧倒されつつも、厳密で抽象的な概念の積み重ねによってのみ、そこを踏査できること、その全貌をとらえることができることを悟る。これが、先ほどほのめかした「力」である。われわれが投げ込まれている根源的な理不尽と精緻な概念という武器との「つながり」をからだ全体で実感できるとき、あなたは哲学に進むであろう。あなたは、先の問いの手前に、二千年以上の人類の知的遺産があること、こうした問いを問いつつ生き、そして死んでいった人々がいることを知る。そのことにあなたは感動する。もはやあなたは、『純粋理性批判』であろうと『精神現象学』であろうと、『論理哲学論考』であろうと、それらがいかに難しくても、怯《ひる》むことはないであろう。

もっと単刀直入に言ってみよう。もしあなたが難解な哲学書に挑むとき、たとえその内容がさしあたりまるでわからなくとも、ますますあなたの「うち」に力が充満してくるなら、あなたは哲学的な人である。こうした厳密で抽象的な概念の向こう側に、なぜいつも「いま」なのか、なぜ私はいつも「ひとり」なのか、「善い」とはいかなることか、などの単純な問いを見抜き、そのことにわくわくする人は、文句なく哲学的である。

どんなに激しく悩んでも、どんなに真剣に思索しても、どんなに大量の本を読んでも、哲学の扉が開かれるわけではない。その扉は、厳密で抽象的な概念によってのみ世界を知りうる、と心の底から確信した人にのみ開かれる。そして、こうした人は驚くほど少ない。しかも、哲学を「続ける」ことは、それを開始することにまさって難しい。次に、これを語ることにしよう。

あなたが、ひきこもっているあなたの部屋の中で、頭がしびれるほど思索を続けているとしよう。考えが考えを呼び、気がついてみれば、また考えているとしよう。さらに、哲学の古典や解説書をひもとくと、心臓がコトコト音を立てて鳴り出すほど興奮するとしよう。あなたには、哲学の適性があるといっていい。だが、ここに留まっていては、あなたは哲学の木を育成しそれに実を成らすことはできないであろう。あなたは、同じように哲学の適性がある他人とコミュニケーションしなければならない。

まず、あなたは哲学書を「正確に読む」訓練をしなければならない。哲学書は、断じてひとりで読めるものではない。たとえ、あなたが『純粋理性批判』をすらすら読めてしまうかのように思ったとしても、九十九パーセント、いやほぼ百パーセント誤解であろう。あなたはただ文字を追っただけなのであり、それを「読んだ」のではない。それほど、哲学書を正確に読み解くのは難しいのだ。哲学書をいい加減に読むほど危険なことはない。あなたは、何も読まないよりもっと哲学から遠ざかるであろう。

では、哲学書を正確に読む技術はどのようにしたら身につくのか？ インターネットで同志に呼びかけてもいい。だが、やはり究極的には対人コミュニケーションが不可欠である。ある人のまなざしや息づかいから、あなたは傲慢を、ごまかしを、自信のなさを……眼前のからだを通して学ぶことができるからだ。そういう場所はどこにあるのか？ 方々にある。カルチャーセンターに通ってもいい。大学の研究生になってもいい。勇気があれば、教授に直接会いに行って、演習に出る許可を求めてもいい。あるいは、人づてに聞いて信頼できる読書会を訪れてもいい。とにかく、本物の哲学書を本物の哲学（研究）者の指導のもとに読む訓練をしなければならない。しかも、それをかなり長く続けなければならない。人によって違うが、最低三年は必要であるように思う。

これに並行して、哲学を続けるために必須不可欠なのは、哲学的議論を実行することである。哲学的議論とは、例えば「なぜいつもいまであって、別のいまなのか」という哲学的問いに対する自分自身の考えを厳密に言語化することである。それも、ひとりではすこぶる危険である。

ある程度ひとりでノートをつけ続けてもいいが、しばらく哲学ノートがたまったら、信頼できる哲学の先輩に見てもらうこと、あるいはそのノートを携えて信頼できる哲学の専門家と議論することが必要である。あなたは、たぶん――相手が誠実な哲学者であれば――完膚なきまでに粉砕されるであろう。そこで諦めてしまえば、あなたは哲学をしないほうがいい。ほとんど自殺したくなるほどの虚しい気持ちを抱えて、あなたは自分の部屋に戻る。これまで書き溜めた思考のクズを眺めて、もしやこれは『論理哲学論考』のような天才的思索の結果なのではないか、というはかない思いは炎天下のアイスクリームのように溶けてしまった。ここ数年、命を懸けて一心に考えてきたこと、これは一体何だったのだろう？　あなたは打ちのめされる。涙さえ出てくるかもしれない。

だが、あなたがほんとうに哲学的であるなら、地面にたたきつけられるようなこうした体験から数日が経つと、「まてよ、彼の言ったあのことはおかしいぞ、やっぱり自分は正しいのだ」という思いがむくむくと芽を出してくるに違いない。あなたは、今度は絶対に負けないようにがっちりと武装して議論に挑む。……だが、また、あなたは地面に転がされ、ほとんど足蹴にされる。

あなたはまた挑む。あなたはまた地面にたたきつけられる。そのうち、あなたは彼から、あなたを認める言葉を聞くようになる。彼が誠実であれば、いつか「あなたのほうが正しい」という言葉が表明されるであろう。もちろん、あなたはただ一人の師と格闘するだけではない。多くの先達と同じように格闘しなければならない。それはいつまでも続く呆れるほど長い議論である。こうして、あなたの哲学は鍛えられるのだ。これ以外の仕方で哲学を続けていくことはできないと、私は確信している。

以上の長い辛い道をたどることと、会社に入って新製品の開発をすることや社員の給与の査定をすることとは絶対に両立しない。だから、あなたがほんとうの意味で哲学を続けたいのなら、定職についてはならないし、正社員になってはならない。アルバイト、臨時雇用、契約社員など、組織に過度に縛られないもの、責任の負担が少ないもの、いつでも辞められるものを選んだほうがいい。仕事は金を稼ぐだけと割り切る。そして、ぎりぎりの生活のうちで哲学に邁進するのである。

これを十年続ければ、あなたは立派な哲学者になれるであろう。もちろん、あなたはこれによって、大学の哲学科の教授になれるわけではない。論文や著書を刊行できるわけではない。つまり、「哲学」でメシが食えるわけではない。だが、あなたは正真正銘の哲学者である。ここまで来れば、あなたはいわゆる大学の哲学教師のなかにも、真の意味で哲学している者が驚くほど少ないことを知るであろう。そして、彼らの書く論文や著書のよしあしがくっきりとわかるであろう。あなたは、自然なかたちで多くの哲学研究に不満をもつ。場合によっては、「もう自分が書くしかない」と思うかもしれない。

この段階に至ったなら、あなたは気の済むまでひきこもっていいのだ。むしろ、哲学の肥沃な土壌を手にし、そこにみごとな木を茂らせるには、ひきこもることが積極的に必要であるとさえ言える。外界から完全に閉じこもり、哲学的生活に明け暮れる。だが、あなたはすでに多くの同志との交流を通じて確固としたネットワークを築いている。あなたは、必要なときだけ、研究会に、授業に、読書会に出ればいい。あとは、心ゆくまでひきこもっていればいい。ひきこもりながら、あなたには為すべきことが山のようにあるのだから。

＊＊＊

こうして、ひきこもりの青年がもし心の底から哲学をしたいなら、いったんは世間に出なければならない。そして、他人の評価に自分をさらして、自分の哲学的思考を徹底的に鍛えなければならない。それを成し遂げたとき、その後のひきこもりは、たぶん「楽しい」ものになるように思う。私はお伽噺をしているのではない。身をもってこのことを実践している青年たちを——数人だが——見てきた経験に基づいて、こう語っているのである。最後にその一例を挙げることにしよう。

H君は、ひきこもっていたわけではないが、大学を出て塾の教師を十年続けた結果、慶応大学の哲学科の大学院に入り、いまは（あと四年で完成する予定の）博士論文を準備している。彼の生涯のテーマは「一とは何か？」である。なぜ、われわれはすべての事象に関して、（一メートル、一個、一人、一粒、一秒、一度等々）それぞれ違った仕方で、「一」と定めることができるのか？　この単純きわまる問いを抱いて、彼は大学院を受験し、この問いを解決しようとして修士論文を書き、博士論文を書く計画を立て、そして、その後生きている限りこの問いを追究しようとしている。

もう三十代の中ごろである。いつも「哲学ができるだけで、幸せです」とはればれとした顔で語る。哲学にあまりにも夢中なので、文字通り食べることを「忘れる」という。なるほど、とても痩せている。この前、ある研究会のあとで、アルコールに頬をわずかに紅潮させて、次のように話してくれた。

「ぼくは人より遅れていて、はじめから負け組ですから気は楽です。ただずっと哲学ができれば、それだけでいい。そうすれば、ぼくは自分の考えが正しいと確信していますから、誰もわかってくれなくても、笑って死ねます」

私は彼の言葉にいたく感動した。哲学という営みの理想的なかたちを見たような気がした。自分の濁りきった哲学に対する姿勢を恥じ、からだの中心を痛みがキーンと貫き、だが同時にやわらかい喜びも伴って、「そうだ、こうでなければならない」と確信したのである。

「恩師」ではない恩師

私が哲学にのめり込んだのは大森荘蔵先生に会ったからである。法学部に進むはずであった二十歳の私は、突如哲学に鞍替えしようと決意した。その頃、大森先生の書いたものをむさぼるように読んでいた私は、大森先生にじかに会って、いったいこんな自分でも市民から哲学者というを「ならず者」へと転落する資格があるのか賭けに出た。「駄目だ」というわずかな言葉をも、視線をも、サインをも見逃さず、その時は哲学を潔く諦めよう。こうした悲壮な決意で先生に対したが、思いがけないことに、私は先生から文句なしの適性を保証されてしまった。「来なさい」と言われ、胸も張り裂けんばかりに嬉しかったが、同時に奈落に突き落とされた。ああ、これで俺はもうまともな市民としては生きていけない。哲学で行き詰ったら、後は死ぬしかないと思い、泣きたくなるような気分だったのである。

そして、それがまもなく現実になった。法学部を捨てて先生の所属する教養学科の科学史・科学哲学分科に進学するや否や、私は深刻なノイローゼに陥った。現実の哲学に失望したわけではない。哲学は、そして先生はますますすばらしい存在として私に迫ってきた。だが、だからこそ、自分に絶望した。こんなにすばらしい世界が与えられたのに、それを充分活用できない自分の愚かさ、無能さに絶望したのである。蛆虫のような老婆を殺した瞬間に、自分もまた蛆虫だと悟った『罪と罰』のラスコーリニコフのように。俺は誤解していた、分不相応の高望みをしていた。俺は真理のために生きることなぞできないのだ、俺はやはり蛆虫として真理を横目で睨みながら何もわからずに死ぬほかないのだ。そう思った。そう思って、自分の浅はかさを嘆きながら引きこもり、死ぬことを考えていた。ずっと後になって、奥様から「あの頃たびたび、主人は中島君自殺するかもしれないと言っていました」と聞かされた。私はそんな苦しい時でも、私を哲学へと「誘惑した」先生を瞬時も恨んでいなかった。ただ、せっかく見込んでくれたのに、こんなテイタラクで申し訳ない。そのために死のうかと思った。

それからいかにして「治った」のかは、長い話になるので割愛する。とにかく、私は——大森門下の仲間たちとはよほど違って——不思議なほど転び、躓《つまず》き、滑りながら、哲学を続けている。といって、私は先生に普通の意味で「感謝している」わけではない。私が駆け込み寺のように先生のもとに身を寄せてから、本当に辛くきつい人生が待っていた。だが、私はこうしか生きようがなかったのだから仕方ない。先生との出会いも運命であり、私が哲学を志すと「そこに」先生がいたのだ。

先生は私の恩師であろうか？　いまさら「恩師」などと言えば、「私は中島君の師であったことなどない」と切り返されるであろう。そうなのだ。私が先生を一番煩わせた問題児であったことは確かであるが、先生は私の恩師なのではない。私は先生に哲学とはこういうものだということを教えてもらったが、その後いまに至るまでその通りのことをしていないのだから。

先生は権威・権力におもねることを蛇蝎《だかつ》のように嫌った。『哲学の教科書』がベストセラーになり、わずかの褒め言葉を期待して勇んで病院に見舞いに行った時、「もう少ししたら何か言います」と言われた。だが、何も言わずに死んでしまった。これもずっと後から聞いた話であるが、私がウィーンから帰ってきて人より十年も遅れて駒場の助手になった頃、「今度帰ってきた中島という男は難しい所もあるが、どうか寛大に見てくれ」と哲学仲間に訴えていたという。何も知らなかった。涙が出る思いである。それほど気にかけてくれた先生は、物書き業に堕した私を許してくれないであろう。魂が擦り切れるまで哲学をしていない私を軽蔑するであろう。それが苦しいので、時折私は必死に叫んでみる。「私は先生とは違うのです、こういう形でしか哲学ができないのです！」そうしながら、「それでいいのだよ」という先生の優しい言葉を期待する。だが、……いくら耳を澄ましても何も聞こえてこない。

生命倫理学への違和感

近来の生命倫理学の隆盛を横目で見ながらずっと「何かおかしい」とつぶやき続けていたが、八年前から勤務校で「科学技術と倫理」という名のもとにみずから教える羽目になり、多少生命倫理学の具体状況を知るに及んで、ますますおかしいという思いを強くした。

倫理学の目的（存在理由）はソクラテスの言うように、「よく生きること」だと思う。「よく生きること」について思索することではない。議論することでもない。よい本を書くことでもない。他人を打ち負かすことでもない。まさに、「よく生きること」そのことである。では「よく」とは何か。解答がごろんと足もとに転がっているわけではない。それは「生きる」ことを通じてでしかわからない。しかも、各人の人生はさまざまであるから、その意味で「よく」とは「主観的」である。しかし、各人が「よいと思うこと」がすなわち「よいこと」ではない。ここには、ホモ・ロクエンス（言葉を語る人）としての運命が待ち構えている。たとえある人（X）が「自分によいと思われること＝よいこと」という定義をしたとしても、ここでXが「よい」という普遍的な言葉を使っている限り（それを放棄しない限り）、純粋に個人的な領域を超えた領域に関わっているのだ。

日々、必死に畑を耕す農夫も「よく」生きているのかもしれない。悟りを開いた高僧も「よく」生きているのかもしれない。だが、倫理学の目的としての「よく生きる」ことは、これらとは異なった独特の領域を形づくるように思う。それは、「よい」という言葉に全身が貫かれながらよく生きることである。とはいえ、（一部の分析哲学系倫理学者のように）「よい」という言葉の分析に終始していればいいというわけではない。「よい」という言葉に病的に（？）拘りながら、「よい」という言葉を病的に（？）吟味しながら、よく生きることである。こうした態度をもって、いかなるごまかしも遠ざけてよく生きることを徹底的に求めること、それがとりもなおさず――優れて哲学的な意味で――よく生きることなのだと思う。

倫理学の目的をこう限定して、現代の生命倫理学（生命倫理学者たち）を鳥瞰するに、さまざまな趣向を凝らした華麗な装いにもかかわらず、そこでは最も重要な問いを押しのけて、「次に重要な問い」だけに終始している姿が目についてくる。以下、かなり個人的な印象に基づいた見解であることを断った上で、私の違和感を形づくる問題点をいくつか挙げていきたい。

（一）生命倫理学は「死」をめぐって活発な議論を展開するが、「〈死ぬ〉とはいかなることか」という問いには立ち入らない。

（二）これに呼応して、ＳＯＬ（生命の神聖）からＱＯＬ（生命・生活の質）へという移行のもとに、さまざまな建設的議論がなされながら、「〈生きる〉とはいかなることか」という問いは見事に欠落している。

(三) すべての議論は「人の生命には価値がある」という大枠の内で進んでいる。

(四) すでに結論が決まっており、その上で「そうしたい」方向へと無理やり議論を進めるかと思うと、突如漠然とした常識を持ってくる……という具合に、理論構成がきわめて脆弱《ぜいじゃく》である。

(五) ほとんどの生命倫理学の対象は、法律の整備や国家的規模の政策の転換、司法における判例の変化、あるいは企業における巨大プロジェクトといったレベルではじめて達成できるものである。しかも、ここにはアメリカを中心とした恐ろしいほどの欧米中心主義が支配している。こうした現状において、わが国の生命倫理学者に紹介者や解説者あるいは整理屋に留まらない何が期待できるのだろうか。

以下、具体的に検討していきたい。

(一) 生命倫理学は「死」をめぐって活発な議論を展開するが、「〈死ぬ〉とはいかなることか」という問いには立ち入らない。

「尊厳死」や「安楽死」や「ターミナルケア」あるいは「脳死は人の死か」という問題など、生命倫理学は「死」を中核的なテーマにしていると言ってもいいが、(不思議なことに)「〈死ぬ〉とはいかなることか」という最も基本的なテーマには介入しない。現代日本では、アウシュヴィッツや広島について、九・一一や年間三万人に及ぶ自殺について、幼児誘拐殺人事件や親殺しについて、ジャーナリズムは太鼓を叩いて騒ぎ立てているが、「〈死ぬ〉とはいかなることか」が正面から取り上げられることはない。この根本的問いを避け続けながら、目に触れる限りの場所で、人々は大量の死、残酷な死、不可解な死……の議論に終始している。これは見方によっては奇異なことであり、別の見方によっては自然なことである。では、「〈死ぬ〉とはいかなることか」はどこで議論されるべきなのか。死んだらどうなるかわからないのに、なぜわれわれは「死ぬこと」を恐れるのか、いや、もっと根本的な問いがある。なぜ、「生きていること」のほうが「死ぬこと」より「よい」のか。こうした問いに正面から取り組むのは、(倫理学を含む)哲学をおいて他にはないと思う。

すべての死に関する議論に「〈死ぬ〉とはいかなることか」という問いを取り入れるべきだと提案しているのではない。生命倫理学が「倫理学」と称しながら、そこに立ち入らないことがきわめておかしいと思うのである。

生命倫理学のどの教科書にも、東海大学安楽死事件の判決(一九九五年三月)が出ている。それは、わが国における安楽死の規準を設定した画期的なものであるが、その中に「耐え難い肉体的苦痛」という要件がある。裁判官は職業意識に基づきさまざまな社会的マイナス効果を考量して判断する。安楽死の条件を緩めると、いわゆる「滑りやすい坂(slippery slope)」となって、安楽死の名の下に自他の生命を奪う傾向を促進してしまうという議論はわかる。だが、それは裁判官の見地である。生命倫理学者は、倫理学者という固有の観点からではなく、裁判官や政治家や病院長の意見を追認するだけでいいのであろうか、あるいはこれらをまとめ整理するだけでいいとでも言うのであろうか。

精神的苦痛から逃れたいために死にたい、という人間の反応は自然だとすら言える。人間はただ「生きていたくない」という理由だけで死ぬことさえある。その人が死んでも誰も悲しまない死、いや周りの者がこぞって安堵のため息をつく死さえある。それにもかかわらず、ひとはなぜ自殺してはならないのか、なぜ生きることを強要されねばならないのか。この問いに倫理学者こそ真剣に答えるべきであるのに、せめて真剣に答えを求めるべきであるのに、大方の生命倫理学者はこの努力すらしない。倫理学は、「ここから」始まるのに、「ここで」終えてしまう。とすれば、生命倫理学者は法律家や社会学者や政治学者とどこが違うのであろう。

私は「ターミナルケア」について、いつも学生にどう教えていいのかわからなくなる。私の妻の父も姉も、末期癌の際にカトリック系のホスピスに入って死んだのであるが、彼らはクリスチャンではなかったが、病室からは教会の尖塔が見え、賛美歌が聞こえ、廊下を修道女たちが行き来し……という死後の生命を確信する雰囲気に包まれていたからこそ、慰められたのである。死後の生命をまったく否定した（疑問に付した）上での尊厳死とはどういうものか私にはわからない。ターミナルケアの中心課題は患者の苦痛を和らげることであるが、苦痛には精神的苦痛も含まれるとすれば（いや、それは果てしなく大きいものである）、精神的苦痛に苦しむ患者をいかにケアしたらいいのか私にはわからない。彼らに安楽死を認めてもいいのでは、と思ってしまうのである。

(二) これに呼応して、SOL(生命の神聖)からQOL(生命・生活の質)へという移行のもとに、さまざまな建設的議論がなされながら、「〈生きる〉とはいかなることか」という問いは見事に欠落している。

QOLの名の下に議論されているのは、次の二点に絞られるように思う。

(1) 各人の生命は数値化可能な価値の差異をもつ。

(2) 生命の価値は量(長さ)という観点からのみならず、質という観点から判定されねばならない。

前者は、生体からの臓器移植を受けるレシピエントの順位づけという実用的効果を産み、後者は安楽死や尊厳死への扉を開く。前者が「〈生きる〉とはいかなることか」という問いに触れないのは自明であるが、後者もまたこの問いに近づきながら周辺をぐるぐる回っているだけである。ここで哲学的議論として持ち込まれるのは功利主義のみ、あるいはそれに微妙にまといつく常識のみである。

他の諸々の学問とは異なり、哲学=倫理学の問いは、次の一見互いに正反対のベクトルを持つ二要件を充たしていなければならないように思う。

(1)自分固有の感受性や信念を離れてはならないこと。
(2)普遍性を目指すこと。

倫理学を遂行する者は、普遍性を目指さねばならないのであるが、それをあくまでも（ほとんどの場合、普遍化不可能な）自分固有の感受性や信念に基づいて遂行せねばならないのだ。「〈生きる〉とはいかなることか」という問いはこの二条件を充たして、真性の倫理学の問いになりうる。(1)のみでは、トルストイやジッドのような作家と違わないであろう。(2)のみでは、法律家や科学者と変わらないであろう。であるから、しばしば倫理学の問いには、一定の答えがないし、答えを出すこと自体がいかがわしい場合もある。それでも、問い続けることとそのことに意味がある、こうした問いこそ倫理学が引き受けることのできる問いであるように思う。

「〈生きる〉とはいかなることか」という問いは、生命倫理学者のからだを貫いていなければならないと思う。生命倫理学者は、この問いを日々いや刻々と自分自身に対して問いかけていなければならないと思う。生命倫理学者は、小手先の「理論」をもって処理するのではなく、この問いに駆り立てられて、堕胎や脳死や安楽死やターミナルケアの問題に取り組まねばならないと思う。そうすれば、いかに常識から外れたことでも、いかに社会的に非難されることでも、語り出すはずである。たまたま常識の塊のような生命倫理学者がいてもいいのであるが、多くの生命倫理学者は、みずからの感受性や信念を脇に置いて、あまりにも法律に、判例に、政治に、慣習に、擦り寄りすぎているのではないか。「私」を原点とする座標軸をあっさり捨て去って、「みんな」を原点とする座標軸から大局的なバランス感覚のある判断ばかり下しているのではないか。

と言った瞬間に、例外を。森岡正博は、専門家でありながらあえて自らの感受性と信念を前面に打ち出して語り続ける（『脳死の人』法蔵館）。感受性の放出の仕方には異論もありえようが、とにかくわが国では珍しい生命倫理学者である。

（三）すべての議論は「人の生命には価値がある」という大枠の内で進んでいる。

生命倫理学の発祥が、人体実験の禁止であったことがよく示すように、生命倫理学は「生命至上主義」のもとにある。パーソン論にしても人の生命の価値をマンからパーソンに限定しただけであって、「生命至上主義」を貫いていることに変わりはない。だが、哲学とは徹底的に――それがどんなに馬鹿げたものであろうと――真理を問い続ける営みだとすると「いかなる生命にせよ、そもそも生命には価値があるのか」という問い、さらには（二）に連関するが、「人が〈生きる〉ことに、果たして価値があるのか」という問いは可能であろう。この問いはけっして奇異な問いではなく、紀元前から夥《おびただ》しい数の哲学者たちが問い続け、現代日本でも少なからぬサラリーマンが、主婦が、高校生が、問い続けている。答えは見出せなくとも、人間にとって正真正銘の重たい問いである。

だが、生命倫理学の教科書執筆者は、なぜ「もしかしたら〈生きる〉ことには価値がないかもしれないのだが」という一行を挿入しないのだろう。あるいは、せめて「本書では、〈生きる〉ことには価値がないという信念には立ち入らず、〈生きる〉ことには価値があるという一方的な信念の下に書く」と宣言しないのだろう。

この問いは、「自殺権」という問題に導く。ジョン・スチュアート・ミルの「自由主義」とは次のものである（加藤尚武『現代倫理学入門』講談社学術文庫）。

(1)判断能力のある大人なら
(2)自分の生命、身体、財産に関して
(3)他人に危害を及ぼさない限り
(4)たとえその決定が当人にとって不利益なことでも
(5)自己決定の権利を持つ

これを文字通り適用すると、ある人がいかなる他人をも危害しないで自殺することは可能であるから、自己決定権のもとに自殺権は認められることになる。これを、SOL（生命の神聖）という原理に戻ることなしに反論するのは難しい。もちろん法律家や社会学者が、社会全体の利益・安全という功利的観点からこれに反対することは自然である。だが、彼らとは別の観点から、倫理学者は自殺権について（その容認も含めて）真剣に思索しなければならない。

環境倫理では、「人間中心主義（anthropo-centrism）」と「生態系主義（ecosystem-centrism）」との対立があるが、これも現状では虚しい議論に終始している。いかに生態系を守ることを標榜しても、「環境保護のためには適度に人間を抹殺していい」という理論（eco-fashism）を打ち出すのに抵抗があるからである。

人間中心主義を隠蔽し環境保護という美名に酔っているだけ（？）の「シャロー・エコロジー（shallow ecology）」ではなく、それを自覚した上での本格的な生態系主義を打ち出す「ディープ・エコロジー（deep ecology）」にせよ、生態系主義を徹底すれば必ず「人間の淘汰」という壁にぶつかるはずである。だが、不思議なことに、すべての論者は、快進撃を遂げながらこの壁にぶつかるとたんに方向を転じてしまう。

ここには、二重の欺瞞が進行している。

(1)「かたちだけ」反人間中心主義に市民権を与える。

(2)実際は、それを真剣に採用することはない。

こうして、環境倫理の現状は人間中心主義をはばかりなく主張するか、一定の配慮をしながら主張するか、の微細な違いにすぎない。なぜに人間を淘汰してはならないのか、はどこかで真剣に議論すべきであろう。その場は倫理学以外には考えられない。

(四)すでに結論が決まっており、その上で「そうしたい」方向へと無理やり議論を進めるかと思うと、突如漠然とした常識を持ってくる……という具合に、理論構成がきわめて脆弱である。

前項で指摘したことに関係するが、実際に生命倫理学に関する講義をし、さまざまな教科書を参照して痛感したのであるが、かなりの場合、論者にはあらかじめ「結論」が決まっていて、その上でそれに対する「理論」を探し出すという基本パタンが露骨に支配しているように思う。大枠はいかなる科学もそうではないか（仮説演繹法）という反論に対しては、生命倫理学においてはその理由の説明能力がきわめて乏しい、と答えておく。理論は、そこからなるべく多くの事象を導き出すことができて、理論としての威力を増すのであるが、生命倫理学の理論の到達範囲はきわめて狭く、ただ一つの事象を説明する能力しかないものさえある。

例えば、エンゲルハートは「パーソン論」において、「厳密な意味におけるパーソン（person in the strict sense）」に留まらず、「社会的意味におけるパーソン（person in the social sense）」を提唱する。もともとパーソン論は、ホモサピエンスという「マン（man）」ではなく、そのうち「自己意識を持つ」パーソンの生命だけを尊重するべきだという理論であるが、この定義によると、重度の精神障害者Xや脳死の者Yは「死なせてよい」という結論に至ることになる。それを避けるために、X・Yが彼らの死を望まないパーソンたちに囲まれている限り、これらパーソンたちとの関係を含めてX・Yをパーソンとみなし、その生命を尊重するという理論である。これは、はじめから「X・Yを死なせるのはおかしい」という信念に導かれて拵えられた理論である。

本稿のはじめに、倫理学者は自分の感受性と信念から離れずに議論すべきであることを言った。

だが、そうすると、エンゲルハートのこの理論のように、おうおうにしてその裏に信念が透けて見える理論となる。信念を共有しない者にとって、この理論に賛成することは難しく、反対することは虚しい。真の争点は、理論にではなくその裏の信念にあるのだから。では、やはり理論形成に当たっては個人的な信念を捨てるべきか。そうではない。まさにここから倫理学の新たな問いが開かれる。倫理学者は安直で強引な普遍化を目指すのではなく、誠実な態度で、それぞれの場合いかに普遍化が難しいかを自覚すべきであろう。多くの場合、永遠に普遍化は達成できないかもしれない。われわれは価値ニヒリズムに陥るほかないのかもしれない。だが、それを頭から避ける理由はない。それもまた、一つの立派な選択肢なのであるから。

「二重効果理論（double effect theory）」も、精緻に見えて、説明したい物を説明するために考案された理論に過ぎない。それは大まかに言って二つのファクターから成る。

(1)行為者はよい結果を直接的に目指している。

(2)だが、よい結果と並んで間接的に悪い結果が産み出される。

この理論のもとに、論者は直接「死なせる（＝殺す）」ことを意図する行為による積極的安楽死を否定し、そうではなく、他の行為を意図しながら、間接的に「死なせてしまう」結果になる消極的安楽死を容認するわけである。もちろん、消極的安楽死さえ認めない論者もいるが、ここであえて単純な問いを立ててみよう。なぜ、積極的安楽死は禁止されるべきなのか、と。この問いは、なぜ人を殺してはならないのか、という問いに連なる。こう問いかけると、行く手には社会通念とか常識とかのぼんやりしたものが立ち塞がっているだけである。だが、倫理学者はその中に身を潜めるのではなく、そこを突き抜けて問い続けるのでなければならない。一般人がもはや問いかけることをやめるところで、さらに問いかけるのが倫理学者の仕事なのだから。

（五）ほとんどの生命倫理学の対象は、法律の整備や国家的規模の政策の転換、司法における判例の変化、あるいは企業における巨大プロジェクトといったレベルではじめて達成できるものである。しかも、ここにはアメリカを中心とした恐ろしいほどの欧米中心主義が支配している。こうした現状において、わが国の生命倫理学者に紹介者や解説者あるいは整理屋に留まらない何が期待できるのだろうか。

生命倫理学の歴史は、（ニュールンベルク裁判の判決文中にある）ニュールンベルク・コード（一九四七年）におけるナチスによる人体実験に対する非難からスタートした。その後、これを確認したヘルシンキ宣言（一九六四年）へと進んでいき、やがて人体実験問題にとどまらず、中絶、脳死、臓器移植という問題に移っていった。

その場合、生命倫理の歴史はアメリカの生命倫理の歴史にほかならないことを確認しておこう。「生命倫理（bioethics）」という言葉自体、アメリカ人ポッターが使ったものであり（一九七一年）、実際の研究もニューヨークに設立されたヘイスティング・センター（一九六九年）、ケネディ研究所（一九七一年）が嚆矢《こうし》であった。中絶でも、ローウェイド訴訟におけるアメリカの連邦裁判所の判決が基準になり、延命治療もアメリカのカレン裁判（一九七五年〜七六年）が最初である。環境倫理学も、アメリカのキャリコットの生態系中心主義（一九八〇年）が論争の火蓋を切った。

こうした事情に呼応して、生命倫理学に関するあらゆる研究には膨大な費用と人材と政治力が必要とされるゆえ、すべての領域においてアメリカが独占し、その成果としてのあらゆる理論はアメリカを中心にした欧米の学者たちによって提唱され、わが国で生命倫理学を学ぶ者は、まずこれらを一方的に受容するほかはない。こうした欧米偏重はあらゆる自然科学や人文・社会科学にも妥当するが、とくに生命倫理学において顕著であるように思われる。わが国の生命倫理学者は、欧米（なかんずくアメリカ）生命倫理学界という主流の末端で働いているに過ぎないのではないか、という虚しさを覚えてしまう。

とはいえ、臓器移植や脳死の問題を見てもわかる通り、わが国（立法・行政・司法）が欧米に追随せずに独特のコンサーバティヴな態度を堅持していることも事実である。こうして、わが国の生命倫理学者は、濁流のように入ってくる欧米の政府の方針、欧米の判決、欧米の学者たちの理論、国境を越えた共同研究の成果、それに少しずつ進展するわが国の状況を学ぶだけで手一杯であり、せいぜいそれらを消化し整理するだけで力尽きてしまう。

二〇〇四年四月、ヒトゲノム完全読解宣言が出されたが、この仕事において生命倫理学者の出番はなかった。ヒトクローンも、それを推し進めたのは科学者たちである。それについて禁止したり、歯止めをかけるのも、生命倫理学者固有の仕事ではない。それは、政治家の仕事であり、裁判官の仕事であり、医者の仕事であり、各界の識者の仕事である。こういう現状において、生命倫理学者固有の仕事とは何であろうか。その仕事とは、そのつどの法律施行や判決を見守り、それらを追認し、欧米の研究成果を学び、それらをわが国に紹介し整理し、それらについて解説を加えることだけではないであろう。

最後に再び問う。生命倫理学者固有の仕事とは、いったい何であろうか。それこそ、いかに些細なテーマが与えられようとも、「よく生きる」という倫理学の最も根本的なテーマに遡って判断することではないのか。〈死ぬ〉とはいかなることか、〈生きる〉とはいかなることか、はたして人の生命・健康には価値があるのか、等々の問いをけっして見失わずに、眼前の問いに向かっていくことではないのか。政治家、法律家、科学者、一般人が問いをやめたところで、さらに問うことではないのか。それは「基礎倫理学者」の仕事であって、応用倫理学者には関係のないことだ、とでも言うのだろうか。もちろん、倫理学者も、——人間を離れた怪物としてではなく——一個の人間として判断することは必要である。だが、ただ人間として判断するだけなら、彼（女）はただ人間でありさえすればよく、倫理学者である必要はないのである。

「統覚」と「私」のあいだ

はじめに

最近、自我に関する論考を二冊刊行した(『「私」の秘密』講談社選書メチエおよび『カントの自我論』日本評論社)。前者は、カントから離れて、後者はカントにそって自我の成立を語ったものである。とはいえ、基本の骨組みは同じであり、自我の成立には「私の身体」と「想起作用」が必要であること。つまり、自我の成立は「身をもって現に体験したことを想起する」という現象の成立にほかならないことを論じた。こうした能力をもたない存在者は、ほかにいかに優れた知的能力をもっていようと、自我ではないのである。これはしごくまっとうな自我論だと私は確信しているが、賛同を表明してくれた少数の人以外の「サイレント・マジョリティー」は、ここに論理の飛躍があること、カントのテキストに添った解釈ではないこと、あらかじめ用意してあった自分のモデルに強引に当てはめたもの……という印象をもっているのではないかと思う。

いちいち尤《もっと》もであるが、私はけっして思いつきを語っているわけではない。私なりに、ずいぶん思考を練ってきたつもりである。

あらためて問うてみよう。自我について論ずるとはいかなることなのか、いや、それ以前に、自我論を開始するとはいかなることなのか、と。「私とは何か？」という問いには、独特の性質があり、それゆえ独特の方法が要求される。「私とは何か？」を問う者は、そう問うとき、すでにそう問うみずからがそうであるあり方、すなわち「私というあり方（sum）」であることを知っている。たしかに、「存在とは何か？」「時間とは何か？」と問う者も、すでに存在とは何かを、時間とは何かを漠然とした日常的知（urdoxa）として知っているのでなければ、問いを立てることさえできないであろう。だが、「私とは何か？」という問いは、まさにそう問う者が、そう問う者そのもののあり方を問うている点で、ほかのあらゆる哲学的な「……は何であるか？」という問いとは異なるのである。

こうした特殊性に基づいて、「私とは何か？」と問う者は、「私」という概念をさまざまな精緻な概念群によって言いかえようとする。そのさいに、まずわれわれがぶち当たるのは、「私」を他の概念（B）で言いかえようとするとき、そのBがなぜ「私」の全体あるいは一部を意味する権利（正当性）をもっているのか、という問いである。ここには、デーヴィド・ヒュームが「開かれた問題（open question）」と呼んだあのギャップがほかのいかなるところよりも黒々と口を開けている。

例えば、デカルトは「私」を「私は思惟する、私は存在する（cogito, sum）」という命題、さらには「思惟する実体（res cogitans）」という諸概念によって、とらえなおそうとした。カントは「私が思惟するということは私のすべての表象に伴いえなければならない（Das: Ich denke, muß alle meine Vorstellungen begleiten können）」という命題、あるいは「純粋統覚（reine Apperzeption）」や「超越論的統覚（tramnszendentale Apperzeption）」という諸概念によってとらえなおそうとした（さしあたり、これらの概念の意味するところはわからなくてよい）。彼らは、私についての探究をこうした諸概念から始めることを選んだのである。

そこでふたたび問い返す。彼らは、なぜこのような概念を私についての探究の開始とみなす権利をもっているのであろうか？　一つの答えがある。それはデカルトが準備したものであり、「明晰かつ判明に（clare et distincte）」という武器によって答えるというやり方である。「私」をこれらの諸概念によって置き換えることは、「明晰かつ判明に」精神が直覚すること（inspecto）による。良識（bon sens）さえあれば誰でも、虚心坦懐に反省してみれば、こうした自我論の開始点を承認しうるのだ。フィヒテ、フッサールなどの自我論も、こうしたデカルト的正当化の道に連なると見ていいであろう。

自我は演繹も究明もできない

では、カントの場合はどうであろうか？　明らかに、デカルトの道をたどってはいない。まず特徴的なことであるが、カントには体系的な自我論はない。あの浩瀚な『純粋理性批判』の中にも「自我論」と名づけられた章や節はない。一つあるとすれば、「超越論的弁証論（transzendentale Dialektik）の一章を成している「誤謬推理（Paralogismen）」であるが、そこでカントは、「私の心（Seele）」が永遠不滅の実体（霊魂）であるという推理は誤謬推理である、というネガティヴな確認に留まっている。これをもってカントの包括的な自我論とみなすことは到底できないであろう。この自我に関するネガティヴな考察を含めて、カントの場合、自我論は、さまざまな問題を論じるさいに――カテゴリーの演繹のさいに、現実性の要請のさいに――いわばついでに言及されるだけである。

次に明記すべきことは、あれほどカテゴリーの「演繹（deductio）」や時間・空間の「究明（expositio）」という方法にこだわりながら、カントは、自我を探求する方法を確立しなかったということである。自我ははたしてどのような方法で探究されるべきか、さしあたり不明である。このことをフィヒテはカント哲学の欠陥とみなし、自我から森羅万象を「演繹」することを示すことによって、自我とは何かを示そうとした。カントは激しくこれに反対した。「空間」や「時間」が演繹されえないように、「自我」も何かほかのものから演繹されえない。そればかりか、自我は、そこからほかのものが演繹される演繹の起点にもなりえない。演繹とは、自我論を展開するのにおよそ不適当な方法なのである。カントの自我論は、一見「統覚」からすべてが導出できるかのように記述しているが、それは（後で述べるが）構成主義の語り方に過ぎず、われわれはそれに惑わされてはならない。

では自我は、時間や空間のように「究明」されるのであろうか？ 究明とは、すでに知っている概念の「正確な表象を得ること」（B 38）によって、その概念を明らかにしていく方法である。時間・空間の究明の場合、「形而上学的究明」と「超越論的究明」とに分かれている。前者は、「ア・プリオリに与えられている」（B 38）ような概念であるかぎり、その概念の「正確な表象を得ること」（B 38）であり、後者は、「ほかのア・プリオリな総合的認識」（B 40）を可能にするような仕方で「正確な表象を得ること」である。つまり、究明という方法において求められている時間・空間は、ア・プリオリな総合的認識とみなされているユークリッド幾何学やニュートン力学を可能にするような時間や空間でなければならない。後者の要件が、時間や空間という概念の際限のない分析を枠付け限定している。だが、自我に関しては、ユークリッド幾何学やニュートン力学のような「ほかのア・プリオリな総合的認識」とみなされるような既存の学は見当たらず、よって自我は究明できない。

統覚はまだ私ではない

われわれは、演繹や究明という方法に頼らずに、カントの自我論の「根っこ」を探さねばならない。その場合、まず注目されるのは、「統覚（Apperzeption）」という概念である。

それは、「純粋（reine）」や「根源的（ursprünglich）」という限定がつく場合と「超越論的（transzendental）」という限定がつく場合がある。いずれもデカルトの「思惟する実体」の概念に連なるものであるが、前者は「私は思惟する（cogito）」という思惟の絶対的自発性を表し、後者はそのうちにさらに客観的世界を構成する作用を含む。カントによれば、世界の客観的実在性は、ひとえにこうした統覚が「多様（Mannigfaltiges）＝カオス」を総合的に統一する作用によって保証される。統覚が作用しなければ世界は結び目を失って雲散霧消してしまい、ラプソディが奏でられるだけである。

ここで、はじめの問いに戻る。こうした基本構造を完全に認めたとしても、まだ「統覚」が「私」であることは導けないのではないか。世界を総合的に統一する作用が私の作用であるとする理由はまだまったく示されていないのではないか。

こうした疑問は、単純な考察に基づいている。まず、ある存在者（P）がたとえ知覚能力をもっているとしても、Pがただちに「私である」わけでないことは明瞭であろう。動物も乳幼児も精神錯乱者も知覚能力をもっている。だが、「私である」とは言えない。

　では、Ｐがさらに言語能力をもち、知覚体験を「語る」ことができれば「私である」のだろうか。そうも言えないであろう。正確に知覚体験を語りながらも刻々とそれを忘れてしまう存在者（Ｑ）は思考可能である。Ｑはすべてを忘れてしまうわけではない。そうであれば、Ｑは生きていけないであろう。Ｑは「歩くこと」や「食べること」や「逃げること」など、あるいは言語や習慣をはじめ一般的な事象はことごとく憶えているが、ある過去の事象を自分が現に知覚したか否かは憶えていない。Ｑは、自分固有の体験世界（カントはこれを「内的経験（die innere Erfahrung）」と呼ぶ）をもっていないのであり、そのかぎり「私」というあり方ではないであろう。

　「私である」という独特のあり方には、現実的な諸事象（すでに現に起こったこと）のうち、自分が現に体験したことを抉《えぐ》り出し、それ以外の現実的な諸事象から区別する能力が、決定的に必要だからである。自我論とは人間的自我論である。われわれは神的自我論や悪魔的自我論や霊的自我論や動物的自我論を探究しようとするわけではない。そのかぎり、自我には、「身をもって現に体験したこと」を抉り出す能力としての「想起能力」、およびこれを基軸に数々の推量（証拠、伝聞、類推等々）によって自分固有の世界を構成する能力が必須不可欠なのである。

自己触発と内的経験

たとえ統覚が世界をことごとく総合的に統一する能力をもち、客観的世界を正確に認識し、正確に記述し、正確に保存するとしても、このことからは統覚が「私である」ことは出てこない。こうした世界認識に向かう「統覚」(ここでは純粋統覚と超越論的統覚を合わせた意味で使う)が「内官(der innere Sinn)」を「触発し(affizieren)」、それによって「内的経験」を構成する段階ではじめて(人間的)私の存在が確保される。内的経験とは、「私のこれまで現に体験したこと」という固有の領域であり、それはやはり経験であるかぎり客観的時間上に位置する現象の系列である。

ここに特徴的なことは、私は私が現に体験したことの系列を直接的には客観的時間上に位置づけることはできないということである。ごく最近の印象的な事件以外、私はたちまちのうちに現に体験したことが「いつ」であったか判定できなくなる。私は、現に体験した諸事象を客観的世界における諸物体の秩序に関係づけることによって、はじめて客観的時間上に位置を定めることができる。例えば、昨年一年間昼食に何を食べたかは、正月や誕生日のような特別の日以外は、家族に聞いたり、日記を見返したり、さまざまな外的事象から推測して(月曜日は蕎麦屋は閉まっているから、あの日は下痢していたから……等々)どうにか思い出すことができるだけである。

私が現に体験したことは、（私が現に体験しなくとも）現にあったとされる諸物体の秩序に関連づけることによって、客観的妥当性を獲得する。夢に見た光景は、その光景を吟味することによってではなく、外的諸物体に関連づけることに挫折するがゆえに、内的経験からも追放されるのである。

すなわち、カントの自我論は、統覚と内官という二つの「焦点」によって描かれており、そこに描かれる自我とは、「私＝私」という独特の自己同一性である。この独特の自己同一性以前に「私」は存在しない。もちろん、世の中には膨大な数の自己同一性をもつものがある。幾何学図形は厳密な意味で自己同一的であり、人体を含めた諸物体はゆるやかな意味で（何を「一つのもの」とするか、そのつどの目的に添ったかぎりで）自己同一的である。だが「私」の自己同一性は、他人の自己同一性を含めてほかの自己同一性とはまったく別の構造をしている。自我論の要は、この独特の自己同一性を正確に記述することにある。

「私」をめぐる自己同一性は、古典的には「人格の同一性（personal identity）」の問題として扱われてきた。人格の同一性が、論理学的な同一律A＝Aから導かれるものではないことは明証的である。だが、この独特の自己同一性を多くの哲学者たち（とくに、フィヒテ、シェリング、ヘーゲル等のいわゆるドイツ観念論の哲学者たち）は光の反射の比喩としての「反射＝反省（Reflexion）」という抽象的な意識の同一性（自己関係性）に帰そうと試みた。鏡を見ている私が鏡の中に見られた私（の身体）を直接とらえるように、主体としての私（ich als Subjekt）は対象としての私（ich als Objekt）を直接とらえるのだ。すなわち、ここには光が反射するように「ich als Subjekt＝ich als Objekt」という同一性が成立しているというわけである。

だが、カントの自我論はこうした系列に属するものではなく、あくまでも独特の自己同一性を「具体的な人間的私」の自己同一性に求めている。こうした同一性を描き出すもの、それこそ「自己触発（Selbstaffektion）」という作用にほかならない。

自己触発と私の身体

想起において、私はかつての私の体験が私に帰属するものであることを了解している。それは、想起しているこの同一の私がかつて体験したことである。かつての体験の主体はいま想起している主体と同一である。しかも、この同一性は「いまの私」と「かつての私」を対象的に見比べて得られるわけではない。あくまでもいま想起している私の側から、想起の対象である光景Sとは私が現に見た光景であること、すなわちSを見たのは私であることを直観するのだ。ここに開かれている同一性は、抽象的な「想起している現在の私＝想起の対象としての過去の私」ではない。私は、それぞれの想起において対象としての抽象的な「私」などとらえていない。

私が何ごとかを想起するとは、過去の切り取られた光景を想起することではない。その風景に私が対していたことを想起することである。そこには、（潜在的にせよ）私の身体が含まれている。私は想起のたびごとに、ある特定の身体をとらえているのであり、それがいま想起しているこの身体と同一の身体であると直観しているのだ。すなわち、想起における「私＝私」という独特の自己同一性は、「想起している現在のこの身体＝想起の対象としての過去のあの身体」といった身体の同一性把握に基づいているのである。

この同一性の直観の「うち」にはじめて私は私の人格の同一性を築き上げるのであり、それ以外ではない。想起以前に「私というあり方（sum）」がどこかほかで確保されているわけではない。超越論的統覚も、それがはじめから超越論的想起としての自己触発の能力があるとみなされているがゆえに、（潜在的に）「私というあり方」とみなされうるのである。

以上の議論は、シドニー・シューメイカーの人格の同一性の議論（S. Schoemaker, *Self-Knowledge and Self-Identity*, Cornell Univ. Press, 1963）に多くを負っている。シューメイカーによると、「昨日私は窓ガラスを割った」という命題の真偽の判定方法は、「昨日彼が窓ガラスを割った」という命題の真偽の判定方法とは異なる。後者の場合、私が犯人Tの目撃者である場合、その目撃によって特定したTと現在（例えば）眼前にいる特定の人物Tとの同一性を、さまざまな資料および推量によって判定するのであるが、それは基本的に二つの物体の同一性の判定の手続きと同じである。だが、前者の場合、私はまずある人物を特定し、次にそれが「私」であることをさまざまな資料と推量によって判定するわけではない。私は端的に「自分が窓ガラスを割った」犯人であることを知っている。シューメイカーのこの論点を引き継いで、われわれはさらにあと一歩を踏み出す。すなわち、こうした私の身体的行為を想起する作用の「うち」に、私の人格の同一性の根源的構造が潜むのみならず、「私である（sum）」ことの根源的構造が潜んでいるのではないか、という大いなる一歩である。

だから、シューメイカーも例に挙げているように、人格の同一性を直接想起に結び付けるに際しては、知覚の想起よりむしろ、身体が前面に出た行為の想起のほうがわかりやすい。「私が泳いでいた」ことの想起は、まさに泳いでいたあの身体とそれを想起しているこの身体の同一性を端的に直観することであるが、それは「彼が泳いでいた」ことを想起する場合のように、二つの身体を対象的に観察してその同一性を求めることとは異なる。私はあのとき泳いでいる自分の身体全体を観察しておらず、私は水の中で手足を動かしながら同時に前方に進んでいく自分の身体を感じていたのである。過去のあの私の身体は「泳いでいた」という過去形動詞によって、泳ぎの外形からとらえられているのではなく、いわば内部から、直接の身体感覚（フッサールの言葉を使えば「キネステーゼ」）からとらえられている。この場合、同じ「泳いでいた」という過去形動詞を使うにしても、「そと」から他人が泳いでいたことを想起する場合とは画然と異なっている。

こうして、自分の体験の中核には身体的行為が位置するのだが、それを想起する場合の「想起する私＝想起される私」の同一性は、ほかのいかなる同一性とも異なるという意味で特殊であり、ほかの何ものにも還元できないという意味で根源的である。

身体の形式としての直観の形式

もし私が身体をもたない霊的存在者、数学的対象のような存在者、「思惟する実体」あるいは「超越論的統覚」であるかぎりの存在者であるとすれば、私が現に体験したことを認識することはできないであろう。なぜなら、現に体験したことは、「身をもって」現に体験したことだからである。

いや、それ以前に、もし私が固有の身体をもたない存在者であるとすれば、客観的な物体世界を認識することはできないであろう。単に思考するだけでは、私は世界の「うち」に一定の時間・空間的位置を占める諸物体に出会うことができない。諸物体に出会うためには、自らが一つの身体＝物体であることが必要なのである。

固有の身体をもたずには、私は諸物体の運動と静止の区別さえつけられない。運動と静止は、私固有の身体が「運動している」か「静止している」か、という直観に帰するからである。「静止している」身体に対して「運動している」ことが「運動している」ことの第一の意味であり、「静止している」身体に対して静止していることが「静止している」ことの第一の意味である。

また、固有の身体をもたないとき、私は因果律を把握しえない。因果律とは単なる論理的な推論ではなく諸現象の時間的な必然的先後関係である。身体をもたない存在者は諸物体の時間的・

空間的位置を規定することはできない。諸物体の位置を規定できないとき、その諸状態の時間的先後関係を規定することはできない。

こうして、統覚が客観的世界を構成する（カオスを総合的に統一する）ためには、じつは固有の身体を必要とする。カントがあたかも統覚がそれだけで客観的世界を構成できるかのように記述しているのは、すでにその中に身体を読み込んでいるからである。では、いかに読み込んでいるのか？

『純粋理性批判』「感性論」で登場してくる「直観の形式」の「うち」に読み込んでいるのである。直観の形式とは、具体的には時間・空間であるが、統覚が広大な宇宙論的時間・空間を胎児のようにそのうちに宿しているわけではなく、世界の諸対象を時間的・空間的にとらえる能力をもっているということである。こうして、統覚は思惟の形式としてのカテゴリーのみならず「直観の形式＝身体の形式」を「もつ」ことによって、客観的世界を構成することができる、という構図が浮かび上がってくる。

さまざまな身体論

『純粋理性批判』に限定すると、身体を前面にもちだしてカントの自我論を描き出すのには抵抗があるかもしれない。だが、われわれは思い付きを語っているのではなく、さまざまな身体論を踏まえている。

一つは、カント自身の前批判期のさまざまな言説である。そこには、「私が感覚するところに私はある」（『視霊者の夢』Bd. s, S. 324）や「……やはり人間はあらゆる自分の概念と表象を、宇宙が身体を媒介として自分の心のうちに生じさせる印象からもつ……」（『天界の自然史と理論』Bd. 1, S. 355）という素朴な表現もある。その一部は『純粋理性批判』「誤謬推理」における「……外官の対象としての私は身体（körper）と呼ばれる」（A 400, B 343）という命題に鮮明に現われている。

だが、最も直接的に身体を論じているのは、一七六八年の『空間における方位の区別の第一根拠について』である。そこで、カントはニュートンの絶対空間を、われわれの身体と「呼応（korrespondieren）」するかぎりで認めている。すなわち、われわれは宇宙の中心に固有の身体を据え、その上下前後関係から、空間における方位（東西南北）の第一の根拠を採ってくる。そして、こうした固有の身体と絶対空間との「呼応」が消えると同時に、身体はそのうちに絶対空間を取り込み（いわば）超越論化するとともに、絶対空間は主観の能力としての「直観の形式」に変身するわけである。こうして、「直観の形式」としての空間の基層には「身体の形式」が沈殿している。

カントは、時間と空間との差異については議論しないが、あえて考察を進めれば次のようになろう。時間が空間と異なるのは、時間における隔たりを空間における隔たりと異なったものとして、とらえる場面があるからである。五分前の事象は、十五分前の事象より「手前」にあり、三日前の事象は二日前の事象の「かなた」にある。このことができるのは、私が二つの出来事E_1とE_2の時間における順序を、（空間における区別とは異なるものとして）端的に直観しているからである。端的な想起能力がなければ、私は空間における隔たりと時間における隔たりを区別する手段をもたない。

　そして、端的な想起とは、すべてそのとき私が「身をもって」現に体験したことの想起である。こうして、直観の形式としての時間とは、具体的には想起の形式であり、しかも想起の対象である過去のあの光景におけるあの身体と想起している現在のこの身体が同一であるという直観を中核にした形式なのである。

　第二に、カントのテキストを離れて、われわれが多大な養分を得たのは、アルトゥール・ショーペンハウアーのカント解釈である。彼は、『意志と表象としての世界』の第一章において、私の身体を「直接的客体（unmittelbares Objekt）」と呼び、その独特の客体がほかのさまざまな客体との関係のうちにあることが現象世界の基本構図をかたちづくると考えた。ショーペンハウアーは、「直接的客体＝私の身体」を現在の知覚の場面で私が直接的にとらえることができる特権的客体とみなしているが、そうではない。その直接性は、想起の場面において、私が想起する現在のこの身体と想起の対象に登場してくるあの身体との同一性を直接直観することに基づいている。

第三に、フリートリッヒ・カウルバッハのカント解釈が参考になる（F. Kaulbach, *Philosophie der Beschreibung*, Bohlau Verlag, 1968）。彼は、超越論的総合作用（とくに図式作用）を身体的に解釈する道を示し、「超越論的手（transzendentale Hand）」という奇妙な概念を導入したが、これは多くのことを示唆している。カウルバッハは明示していないが、空間においてのみならず時間においても私が世界と関わるには、私の身体をもって関わるしかない。円を描くことによって描かれる場としての空間を了解することと並んで、円を描いた後で「描いたこと」を記憶し、それを想起できることが、時間を了解することである。つまり、さっき円を描いたあの手がいまは休んでいるこの手と同一の手であるという了解がそこになければならない。

構成主義の語り方と残された問題

カントは、たしかに「統覚」を「根源的（ursprünglich）」とか「純粋（rein）」と呼んでいる。だが、ここで注意しなければならないが、このことはそのような「根源的かつ純粋な自我」が個々の「経験的自我（具体的な私）」に存在論的に先行して「ある」という意味ではない。私を探究していけば、この根源的自我に行き着くという意味ではない。少し前に自分の意志でもないのに地上に産み落とされ、もうじき何もわからないままに死んでいかねばならず、そのあいだも日々足を引きずるように生きている虚しいこの私の「うち」に「統覚」という名の「ほんとうの私」がいる、というわけではない。

　統覚が根源的であり純粋であるのは、ただ説明の順序として第一に来るというだけである。説明において先行することは、けっして存在論的に先行することではない。むしろ、説明において先のものは、説明において後のものから、はじめてその存在を獲得するのだ。これが、カントがすっぽり捕らえ込まれている「構成主義（Konstruktionisumus）」の基本構図である。

　構成主義においては、まず抽象的な原点（統覚）を定め、その乏しい原点がしだいに具体性の衣をまとって「受肉化していく」という一種の擬似発生論的説明方法をとる。そのさい「より先のもの」が「より後のもの」より論理的に先行するという論法を採るが、「論理的」とは「説明の順序として」という意味にほかならない。はじめから、「私のあり方」には、自己触発による内的経験の構成能力がなければならないことをカントは知っていたが、構成主義の枠内に留まったがゆえに、説明の順序として、まず統覚を立て次にそれが内官を触発する、という説明方式をとらざるをえなかっただけなのだ。

　だが、これで話が終わったわけではない。ここでわれわれは、ふたたびヒュームの「開かれた問題」にぶち当たる。じつは、このすべてを認めても、統覚が内官を触発するという固有の同一性の構造こそが「私である（sum）」と論理必然的に言えるわけではないのだ。言いかえれば、「現に体験したこと」を抉り出し、それを機軸に内的経験を構成する能力こそが、「私」というあり方にとって根本的であるという判断は、デカルトのように、明晰かつ判明な精神の直覚によるものではない。

このすべては、何の前提もなく、ただわれわれが明晰かつ判明に思考することから出てくるわけではなく、いわば一つの人間観から出てくる。それは、人間とはみずからの自由意志によって現になしたことについて責任を引き受けなければならない、その責任の主体としての「人格(Person)」でなければならない、という人間観である。私が責任の主体であるためには、まずもってみずから現になしたことをほかの事柄から区別して抉り出す能力、すなわち自己触発の能力がなければならないのだ。こうして、カントの場合、自己触発をめぐる認識論的自我論はそれだけでは完結しえず、責任主体としての「私=人格」という実践的自我論に支えられてはじめて完結するものなのである。

＊引用はすべて本文中に記した。そのさい、カントの著作については、アカデミー版の巻数、ページ数を記し、『純粋理性批判』のページ数に関しては、慣例に従い、第一版をA、第二版をBとした。なお、引用文中の強調はすべて原著者のものである。

ショーペンハウアーの時間論

ショーペンハウアーの時間論は、いたるところ才気がほとばしっており、刺激的で、面白いものである。だが、それはカントの時間論のもつ論理的厳密さと対象（時間）に密着した「誠実で実直な」態度に欠けている。彼は「私の著作の額には誠実と実直という極印が、いともはっきりと押されている」（WI.XX.『全集』2、二八頁）と誇っているが、これは嘘である。彼の時間論には、「時間」という恐ろしく複雑で微妙なものの細かい襞の隅々まで分け入っていく態度に欠け、上空飛翔的にきわめて単純な定式をあてがって、すべてを処理しようとする強引さがめだつ。その限り、いかに巧みな論述が重ねられていようと、哲学的時間論としてはレベルの低いものと言わざるをえない。

一　時間研究の方法

ショーペンハウアーの思索は、天啓のような直観によって「こうだ」と大枠を決めてかかるところから始まる。だが、カントは一歩一歩そのつど具体的に足場を固めて思索していくタイプの哲学者である。ショーペンハウアーは、自分とカントとの方法の違いを「彼のほうは塔の高さをその影に基づいて測量する人に、私のほうは物差しをじかに当てる人になぞらえることができる」（WI,537.『全集』3、九三頁）と語っている。だが、「塔そのもの」に物差しを当てることができない場合もあるのだ。

『純粋理性批判』の「感性論」は、「形而上学的究明」と「超越論的究明」からなっている。「究明（expositio）」とは、「一つの概念に属するものの（詳細でなくとも）明晰な表象を得ること」[1]である。すなわち、カントは、時間研究は、幾何学や物理学のように「定義」から始めることはできず、といって、ベルクソンやフッサールのように「根源的直観」に基づいて、あるいはハイデガーのように「人間存在（Dasein）」の分析によって開始することもできないことを知っていた。それは、ただ さまざまな仕方でわれわれが知っている時間概念を「枚挙していく」しかない。『哲学探究』におけるウィトゲンシュタインと共に言えば、時間概念の使用（カントの場合、ア・プリオリな使用に限定されるが）をたどっていくしかないのである。

これが、「形而上学的究明」であるが、といってそれは無際限にではなく、あくまでも「一般物理学」を可能にする仕方で遂行されねばならない。これが「超越論的究明」である。両者の究明を合わせると、日常的時間概念のうちア・プリオリな使用を枚挙し、しかもそれが一般物理学を可能にするものだけを取り出すという方法であり、すなわち——物理学的時間に顕著なように

――、時間は何より現象を普遍的に測定する機能をもたねばならないということである。カントは、こうしてはじめから物理学的時間へと限定して時間研究を開始している。

こうした限定に対する批判は少なくない。だが、物理学的時間ではないところに本来的時間を求める、というベルクソンやハイデガーの試みも、なぜそれが本来的であるのかという論証に成功しているとは思えない。時間に「物差しをじかに当てる」ことはできないのだ。

ジェームズ流に言えば、時間研究にはすでに明確な「関心」がはたらいているのであって、われわれはその関心に基づいて時間を「究明」するのである。そして、関心は一つに収斂しない。アウグスチヌスやハイデガーやベルクソンなど、さまざまな時間論はそれぞれカントの時間論に比べて、永遠や死や自由など、他の関心への比重が重いからこそ、時間研究全体の相貌が異なるのだ。塔を「その影に基づいて測量する」仕方は複数あるが、「そのうちどれが正確に塔を測定しているのか」という問いに対する答えも、それ自体として明晰かつ判明に与えられるわけではない。

二　時間の超越論的観念性

「感性論」において、時間は「直観の形式」と規定されている。それは絶対時間のようにわれわれの心的能力から独立に存在するものではなく、あくまでも「直観」というわれわれの心的能力との関係において存在する。とはいえ、それは幻想でも仮象でもなく、現象に客観的妥当性を付与し、物理学を可能にする能力をもつものである。この二重の否定によって性格づけられる時間の存在性格が、超越論的観念性である。

ところで「形式（Form）」とはけっして鋳型《いがた》のようなスタティックな「型」ではなく、二重の意味を担っている。第一に、それは現象を捉える「仕方（Art）」であり、フッサールのタームを使えば、意識の作用面としてのノエシスである。そして、それは時間的先後（あるいは同時）に秩序づけられた諸現象間の基本的関係である。前者の作用面としての形式は見過ごしがちであるが、これがあってこそ時間が「主観的」であるという意味がしっかりした足場を得るのだ。対象面としての形式は、典型的には四次元座標系の一次元をなす物理学的時間としての変数 t である。フッサールのタームを借りて、前者を、「ノエシスとしての時間」、後者を「ノエマとしての時間」と呼べるであろう。

「形式」が二重の意味を有するからこそ、時間は、一方で、統覚が現象を総合的に統一する前に「統覚のうちにある形式」であり、他方で、統覚が現象を総合的に統一した後に「経験のうちにある形式」でもあるのだ。もう一つの時間規定である「経験を一般的に可能にする形式」について言えば、それは経験を一般的に「可能にする」意識作用であると共に、それによって可能にされた「可能な経験」のうちに実現された基本構造でもある。

統覚は「構想力（Einbildungskraft）」をもって超越論的総合を遂行するのだが、それは時間構成にほかならないのだから、形式とは、構想力に内在する形式であると同時に、その構想力によって総合的に統一された現象が有する形式でもあることになる。だから、じつは超越論的統覚には二重性があり、そのうちに構想力の作用を含まない統覚が「純粋統覚」であるのに対して、そのうちに構想力の時間構成作用を含む統覚が（狭義の）超越論的統覚なのである。以上の考察から、じつはノエシスとしての時間とは、時間を総合的に統一する構想力の作用をそのうちに含みもつ超越論的統覚にほかならないことがわかる。

ちなみに、ハイデガーのカント時間論解釈は、以上の路線にあって、さらに時間の自己関係性を強調するものである。彼は――ショーペンハウアーと同じく――主として『純粋理性批判』第一版に目を向け、そこに第二版における感性と悟性が乖離する構造とは別の構造を探り当てようとし、構想力こそ両者の「共通の根である」[2]という解釈に至る。これは、統覚から時間へと視点をずらせてすべてを見直す態度に基づいている、と言っていい。統覚でさえ、時間から見返されてはじめてその意味を獲得するのである。

だからこそ、彼は「図式論」に着目する。そこは、悟性（統覚）と感性（時間）が融合し、構想力をそのうちに含みもった超越論的統覚のはたらきが如実に出ている箇所だからである。このことは、彼の自己触発解釈にも直結する。彼によれば、自己触発とは、時間の時間による触発である。これはまさに、ノエシスとしての時間のノエマとしての時間への自己関係性を意味している。時間が根源的にこうして自己関係性をもつがゆえに（けっして逆ではなく）、統覚は自己関係性をもつのだ。この意味において「時間とわれ思うは〔……〕同一なものである[3]」。

ショーペンハウアーも、まさに主観と客観とを一つの分離できない二側面として捉えているのだから、この解釈の線上にある。だが、「主観がないなら客観もない」(WI,514.『全集』3、五三頁。強調＝原著者）という定式でよしとする彼は、両者の関係について思索を極めているとは言いがたい。

じつは、カントにとって、「直観の形式」や超越論的総合だけでは、時間の超越論的観念性は論証されえない。それは、「第一アンチノミー」によって、その超越論的実在性を否定することを通してはじめて論証される。

「第一アンチノミー」は時間の開始に関するものである。世界は無限の過去から存在するのか（定立）、それとも、あるとき無から有に転じたのか（反定立）。定立は、無限の時間単位に条件づけられて現在の時間単位に至ることはできないゆえに成立しない。ここには、経験一般の可能性の条件とは、先立つ時間単位が次の時間単位を条件づけるという論理が隠れている。そして、反定立は、無である「空虚な時間（leere Zeit)」は、（有である）時間を条件づける力をもたないゆえに成立しない。では、このアンチノミーはどうして生じたのか。それは、われわれが過去時間をわれわれの認識能力から独立にあるとして、そのもとで二項対立を立てたからである。よって、過去とはそれ自体としてあるのではなく、「いま」から構想力によってわれわれの意識が捉える限りのものであるとすると、アンチノミーは消える。すなわち、時間はわれわれの認識能力との関係においてのみある、という時間の超越論的観念性が間接的に証明されたのである。

だが、ショーペンハウアーにとって、こうした論証のすべてが必要ないものであった。彼は単純に定立に賛同し、反定立を拒否し、あらゆる証拠から時間は無限であると宣言するだけである。彼にとって、時間の観念性（超越論的観念性と経験的観念性との区別はないが）は、アンチノミーによって支えられなくとも、世界は表象であり、表象とは私にとってのみあるのだから、はじめから明らかなのだ。ショーペンハウアーはカントが心血を注いでいる作業を横目で見ながら、そこをするりと通り抜けてしまう。

さらに、彼にとって、表象としての世界を保証しているものは、カントのごとく「意識一般」ではなく、「私の身体」である。よって、時間も――統覚や構想力といった心的機能の面からではなく――あくまでも私の身体のあり方という点から意味づけられている。この点こそ、彼の時間論の独創性が際立つところである。時間と身体との関係、それは二重である。一方で、「表象の世界」において、時間とは物理学的時間が表わすように、客観的な時間系列である。その場合、私の身体は他のもろもろの物体と同様、一定の時間、一定の場所、一定の因果律に従っている物体として、秩序づけられている。しかし、それは他のもろもろの物体とは異なり、内的世界を直接開く「直接的客体（umittelbares Objekt）」である。他方、「意志の世界」において、時間とは意志の発現する形式としての「現在」である。その場合、私の身体は「意志の客体性（Objektität des Willens）」である。すなわち、「表象の世界」における時間と「意志の世界」における時間との相違は、私の身体把握の相違に帰するのだ。つまるところ、いかなる理性的存在者であろうと、このような二つの世界に住む身体をもっていなければ、時間把握はできないということである。[4]

こうした思想は、じつはカントの時間論の中にもインプリシットに潜んでいる。「感性的直観」とは「身体的直観」と言い換えていいものであり、「直観の形式」とは「身体の形式」と言い換えていいものである。とりわけ、身体の思想は「内官（der innere Sinn）」という概念の中に忍び込んでいる。「内官の形式」としての時間とは「外官の形式」としての空間とはまったく別の延長であって、それを私は自分の身体の外部を観察して測定することによってではなく、――端的な持続の感じとか直接的な想起のように――まさに自分の身体の「うち」を直接探ることによって、捉えるのだ。

ただし、カントの場合、すべては超越論的地平において意味づけられ、私（超越論的統覚）が客観的世界（外的経験）を構成することを通じて、私は「そのうちに」二次的に私固有の世界を構成するのだ。私が客観的世界を構成できないとしたら、私固有の世界も構成できない。私は私の身体を、直接意味づけることはできない。私が直接手にしているのはこの身体にすぎず、それを私の身体に変じうるのは、世界構成という大きな迂回を経てからである。存在論的には一番最初にあるもの、一番近くにあるものが認識論的には一番最後に来る。すなわち、超越論的時間論とは、この「いま」から一旦身を放し、客観的時間を構成し、そして最後にこの「いま」にたどり着くという円環を描く。直接与えられたものは、いまだ認識ではない。それが、世界認識を潜り抜けて、あらゆる時間関係の網の目の中で位置づけられるとき、この「いま」は認識された「いま」となるのである。

だが、ショーペンハウアーにとって、この身体は「直接的客体」であることによって、はじめから私の身体なのである。直接的客体がなぜに私の身体かという問いは、彼の脳裏には浮かばないものであった。

三　時間の測定可能性

あらゆる現象を一般的に測定する能力をもつことは、あるものが時間であるための必須不可欠の条件である。もしあるものが時間と呼ばれ、かつそれに測定能力がないとするならば（例えば、ベルクソンの「純粋持続」やハイデガーの「テンポラリテート」）、それはひるがえって時間ではない。時間は諸現象に時間的秩序を与える能力をもち、このことこそ時間が――超越論的観念性と並んで――経験的実在性を有するということである。

ショーペンハウアーにとって問いとなりえなかった時間の測定能力が、カントの時間論を貫いていわば通奏低音として鳴り響いている。これは、アリストテレスの『自然学』における「運動の前後における数」という時間規定にまで遡る。そこで、アリストテレスは「数えるもの」は

「魂（pysche）」であって「数えられるもの」が時間であると言っている。これをわれわれの言葉で言い換えれば、「数えるもの」はノエシスとしての時間、すなわち超越論的総合作用をそのうちに含む統覚であり、「数えられるもの」はノエマとしての時間である。ノエシスとしての一分は、いかなる現象からも独立であるがゆえに、あらゆる現象を測定することができる一分であり、ノエマとしての一分は、測定される現象が有する固有の一分である。

ショーペンハウアーは時間をそれ自体「継起する」ものとみなし、この点においてカントの時間論を批判している。だが、この批判は浅薄なカント時間論理解に基づいている。確かに、——フッサールに典型的であるが——時間に質料的なもの（ヒュレ）を取り込んで、それがメロディーの流れのように「流れる」と考えることは、形式としての時間からは逸脱する。だが、形式は、けっして現象の継起と無縁ではない（無縁なら、なんでそれを測定できよう）。ノエシスとしての時間は継起しないが、ノエマとしての時間は、現象に内在する限りにおいて継起するのである。『純粋理性批判』において、時間の測定能力に関する論述はいくつかの場所に散らばっている。そのうち、要となるのは「図式論」における「数の図式」である。カントによれば、あらゆる算術、例えば「一」を五回足すことによって「五」という数を得ることができるのは、「一」に次の「一」を加え、さらにその次の「一」を加えるという操作に基づいているが、これは時間の単位を加えることにほかならない。これを逆に言えば、あらゆる時間の継起は、さしあたり連続量によって測定されるのではなく、「一」の加算によって計測されるということである。

なお、時間と「一」を関連づけることは、すでに「演繹論」において準備されている。

「一瞬間中に含まれたものとしては、各表象は常に絶対的一以外のものではありえない[5]」

これに関して、ショーペンハウアーが同様に関心を寄せていない「無限小」の問題に触れておこう。あらゆる現象を客観的に測定すること、すなわち客観的時間位置を与えることとは、あらゆる現象の差異を測定できることである。ここから必然的に、任意の二つの現象間の無限小の時間的差異を区別できねばならないことが導き出され、このためには時間自身が無限小の差異をみずからのうちに含みもたねばならないことが要請される。時間は無限の数学的点から成るのではない。時間が幅のない数学的点から「成る」とすれば、それを無限に積み重ねても時間の「長さ」は成立しないであろう。時間は任意の幅が与えられればさらに区分される「無限小」から成るのであり、無限小とは零でも極微量でもなく、いかなる微小な差異をも測定できるということから導かれる独特の量である。カントはこうした無限小の構造を熟知しており、数学的点は時間という線の構成物ではなく、その「限界（Grenze）」にすぎないと言っている。

四　時間・空間・因果性

ショーペンハウアーは、物質・感性・悟性とのあいだに横たわる溝に我慢がならなかった。そこにはいかなる溝もなく、はじめからすべてが関係しているのだ。物質とは「はたらき」として、すでに因果律のもとにあり、感性の形式としての時間・空間もまた、すでに悟性の形式としての因果律のもとにある。因果律は、一挙に「感覚器官の感覚」を物質・時間・空間へと分節しつつ統合することによって、経験的認識（ショーペンハウアーのタームでは「経験的直観」）を成立させるのだ。

カントにとって、直観に与えられたものを概念によって思考することによって認識が成立するのだが、その「関係」が大きな問題であった。なぜなら、直観する能力である感性と思考する力である悟性は「異種類（ungleichartig）」なのであるから。ショーペンハウアーにとって、はじめから両者は一つなのであって、悟性はすなわち直観を成立させる能力なのであるから、ここに問いはない。

ショーペンハウアーの認識論は、悟性と感性とが合体し、時間と空間とが合体したところ、すなわちいきなり「原則論」から出発していると言えよう。だから、彼は「分析論」の全体を「曖昧で、混乱し、不確かで、ぐらぐらし、頼りない」（WI,528f.『全集』3、七九頁）と非難し、かつ感性と悟性の合体の「仕方」には関心がないのだから、「図式論」を「この上なく曖昧なことで有名だ」（WI,528f.『全集』3、八七頁）と断ずるのである。悟性ははじめから感性化されたものであるから、「演繹論」から「図式論」にかけての、カントが最も心血を注いだ議論は必要ないのだ。

だが、そうだとすると、「批判」という営みそれ自体が無意味になる。カントはなぜ「演繹論」と「図式論」にあれほどの精力を集中させたのか。それは「批判」の基本構図を保持するためである。カントにとって、「カテゴリーそのもの」と「感性化されたカテゴリー」(「超越論的図式」とも「超越論的時間規定」とも称する)の両方がぜひとも必要であった。なぜなら、カテゴリーは、一方で、それ自体としては、経験を超えて羽ばたき、神や魂などに適用されうるからであり、他方、感性化される限りでは、経験のうちに留まって認識を成立させるからである。「批判」とは、経験を超えて羽ばたく理性の理性による自己批判にほかならない。カテゴリーがはじめから感性化されていて、経験のうちに留まり認識を成立させるのであれば、あらためて理性を批判する必要はなくなる。

さらに、ショーペンハウアーは、いわば「原則論」から出発していながら、カントの「原則論」自体をよく読んでいない。彼は、「同時性」とは空間における複数の物体の同時性であって、すでに空間を取り込んだ概念であるのに、カントはそれを時間の性格とみなす誤りを犯している、と批判している。しかし、これはまったく的外れである。カントは第三原則の三番目である「相互作用の原則」において、同時性をまさに空間を取り込んだ形で、しかもショーペンハウアーより数段精密に論じているのであるから。

大切なことは、「原則論」の理論はすべて「図式論」を経由しており、「図式論」において獲得された「超越論的時間規定」は、空間を排除した時間規定ではなく、空間を取り込んだ時間規定だということである。すなわち、カテゴリーが感性化されると共に、空間と時間は互いから独立の直観の形式ではなく、互いに連関した直観の形式となるのだ。「原則論」において、カントは新たに時間の三様態を、持続性、継起、同時存在と規定している。これは、容易にわかるように、空間さらには多様な物体を取り込んだ時間、すなわち一般物理学を可能にするような時間の性格である。だから、ここに登場してくる「継起」とは、「感性論」における継起（意識の流れ）ではなく、物質・空間・因果律を取り込み、それらとの関係のもとにある物質的なもの（物体的もの）の継起のことである。だから、ショーペンハウアーが因果律は時間のみならず空間とも関連する、といってカントを批判するのも、まったくの的外れである。まさに、カントはその通りのことを「原則論」で詳細に論じているのだから。

五　現在・過去・未来

ショーペンハウアーの時間論において、「身体」と並んでカントに見られないもう一つの斬新な論点は、意志との関係で「現在」を抉り出していることである。現在とは、「意志が現象する形式」である。意志それ自体の形式ではない。意志が「表象としての世界」に現象する形式なのだ。しかも、意志は個々の身体を介して現象するほかはない。だから、身体とは、「意志の客体性」である。

フッサールと異なり、ショーペンハウアーは知覚において「現在」の成立を認めない。われわれが、見たり聴いたり触れたりすることのうちには、まだ現在は成立していない。現在は、われわれが身体を通じて自由な行為を発現するとき、はじめて成立するのだ。

これは、「第三アンチノミー」において、自由による因果性が自然因果性から独立に系列を開始するそのときこそ現在である、というカントの構図に重なる。

ただし、――残念なことに――ショーペンハウアーは「表象としての世界」を支配する物理学的時間と「意志としての世界」を支配する「意志が現象する形式＝現在」との関係を思索し抜いていない。（第二版で付加された）回転する円とそれに接する直線において、その接点が現在であるという説明は、漠然とした比喩以上の何ものも語っていない。

現在を円とそれに接する直線との接点として意味づけると共に、ショーペンハウアーにとって、過去と未来は幻想になる。だがこれは性急すぎる結論ではないだろうか。意志の発現の形式としての現在を抉りとるところまで至ったのだから、過去は「意志が発現した形式」として、「意志としての世界」に故郷をもちながらも「表象としての世界」に留め置かれる。私は「直接的客体」において「いま」何ごとかを感じていたり思考したりしているのみならず、「いま」過去の固有の体験を想起し、それに対して独特の態度をとっているのだ。過去は、たんなる幻想ではなく、いわば「表象としての世界」と「意志としての世界」とをつなぐ位置にある。このことにカ

ントは第二版で気づき、「内的経験」に対する考察を深めたのである。(6)

なお、一種の未来論である「時間の消滅」に関しては議論されることが多いが、事柄的にはあまりにも神秘的であり、論理的にはあまりにも単純である。現在が関係概念であることを徹底的に自覚しさえすれば、時間の消滅は自然に導かれる。ショーペンハウアーの論点は、現在に実体的な何かを読み込むことへの反論である。これを、現在は指示対象をもたないと言い換えてもいい。われわれが一定の状態Zにおいて現在をつかんだつもりになっているのは、Zのうちに過ぎ去った夥しい時間や来るべき時間との諸関係を取り込んでいるからである。こうした諸関係をすべて切り捨てて、Zだけを抉り出すとき、Zはただの状態であって、現在という時間性格を保持していない。現在を現在以外のものと分離した瞬間に、現在もまた消滅するのだ。

なお、このことをショーペンハウアーは「永続する真昼」(WI,330.『全集』2、一八七頁)と表現するが、そこに何か深遠なものを読み取ろうとする態度は、ニーチェというさらに粗雑な精神によって受け継がれることになった。哲学的時間論とは何の関係もないことである。

小括と展望

ショーペンハウアーの時間論は、カント批判としてはまことにお粗末なものであるが、カントを離れて新しい視点に立つ時間論としては、雑駁ながら、独創的であり、魅力的なものである。

それは、時間研究の方法というきわめて重要な問題をあっさりすり抜けている。カントが心血を注いだ時間の存在論（超越論的観念性と経験的実在性）には何の関心も寄せない。時間の測定能力という時間の最も基本的な機能にも、ほとんど触れていない。このように、それは哲学的時間論の重要なポイントをことごとく外すレベルの低いものであるが、ただ一点だけ――「自我」との関係でもなく「社会」との関係でもなく「言語」との関係でもなく――「身体」との関係において徹底的に時間を研究するという試みは、論理的厳密さに達する努力を払えば、豊かな成果を産み出すことであろう。

（1） I. Kant, *Kritik der reinen Vernunft*, philosophische Bibliothek, B 38.
（2） M. Heidegger, *Kant und das Problem der Metaphysik*, S. 126, Vittorio Klostermann, 1951.
（3） M. Heidegger, a. a. O. S. 174.
（4） 以下の拙論を参照、「時間の構築から時間の消滅へ」、『ショーペンハウアー研究』創刊号、一九九三年、一〇七―一二一頁。その後、『時間と自由』講談社学術文庫に所収、一九九九年。
（5） I. Kant, a. a. O. A 99.
（6） 以下の拙著を参照、『カントの自我論』日本評論社、二〇〇四年。

「人生相談」という気晴らし

20の相談と回答——哲学は人生を救えるか?

Q　定年後、何をしたらよいのか分かりません

今年、定年退職をした六十二歳の男です。経済面では、少しゆとりがある方だと思いますので、再就職もせず、家におります。

妻からは「趣味を見つけて、家から出ろ」とか「友だちはいないのか」などと言われていますが、今から趣味を見つけることもままならず、何の趣味も見つかりませんし、友もおりません。

散歩をしましても行くべきところが見つからず、すぐ家に戻ってきてしまいます。目的がないと散歩もできないことに気づきました。

最近はなんだか、何もかもつまらなく、社会にも興味が持てません。もう何を考え、何をしたらよいのか分からなくなってきました。まさか自分がこのようになるとは夢にも思いませんでした。

私はまず、何を考え、何をすべきなのでしょう。

A　滑稽です。もっともっと徹底的に悩みなさい

こういう相談を受けるといらいらします。あなたは(よく事情がわからないのですが)多分これまでの人生で「安全」を後生大事に守ってこられたのでしょう。とにかく無難にとにかく失敗のないように、生きてこられたような気がしてなりません。結婚もした、子供も独立した、仕事も定年で一区切りがついた……と、ふとわれに返ってみれば、あとは「無事」死ぬだけというわけです。その虚しさは腹の底まで知っているのに、どうしていいかわからない。「私はまず、何を考え、何をすべきなのでしょう」という問いかけは、失礼ながら、いささか滑稽です。

しかし、見方を変えると、あなたがいま、こうしてぐだぐだ悩んでいるのは、とてもいい機会だと思います。もっともっと徹底的に悩めばいいと思います。あなたは、趣味を見つけても、友だちを見つけても、散歩をしても、社会に興味を持っても、満足しないでしょう。もしあなたが、いままで通り自分をごまかし続け、そのつど「気晴らし」を見つけ、そして「これでいいんだ」と呟いて死んでいくのでない限り。

といって、私は何か人のために有益なことをせよとか、何か情熱をかけることを見つけよ、と言うつもりは毛頭ない。そんなことをしたって、どうせ、じきに死んでしまうんですから。むしろ、あとわずかな人生(統計的にはたった十五年)をかけて、ほんとうに自分がしたいこと(したかったこと)を見つけることです。

どんなに反社会的なことでもかまわないから、一度は洗いざらい自分を点検してみること。そのためには、これまで営々と築き上げてきた「うそ」で固めた城を崩さねばなりません。恐ろしいから自分の中に見出しても握りつぶしてきたこと、排除されるのが怖いから、いやいやみんなに合わせてきたことを徹底的に崩さねばならない。そして、徐々に「自由」になることです。

これって、老後の生き方としてはうってつけですよ。あなたは、会社から定年と、つまり「役立たず」と公認されたのですから、そしてもうじき死んでしまい、二度と生きることはないのですから、最後の最後くらい「自由に」生きてもいいのではないでしょうか？

その自由の中身は、あなた自身が見つけるほかありません。

Q　母親の介護で、自分自身が壊れてしまいそうです

私は四十五歳で、現在母親の介護をしております。母の介護をするために仕事を辞め、現在無職です。私には、父、兄、弟がいるのですが、まったく母の面倒をみようとしないので、男一人で母の介護をしております。

その母も痴呆が進み、モノの判断ができなくなり、外でゴミを拾ってきたり、真夜中に叫んだり、私もその対応に、やり場のない疲れが溜まっております。

もういっそのこと、私も介護を放棄し、母親に早く死んでほしい気さえします。同時に私まで気がおかしくなりそうなのです。

しかし、これまで母親に世話になったことを考えると、それも出来ません。このように思う私はやはり「できていない」人間なのでしょうか？

A 「いい人」をやめて、「ろくでなし」になりなさい

これも、失礼ながら、いらいらする相談ですね。あなたは、私の嫌いな（いわゆる）「いい人」なんですね。

これまた細かい事情はわからないのですが、真剣に考えれば社会的にはいろいろ道は開けると思います。

お母さんには息子が三人もいるのですから、三人でお金を出し合って、介護士を雇う、老人ホームに預ける、等々。（お父さんはともかく）ご兄弟がそれに協力しないのなら、あなたが介護を続ける代わりに、彼らにあなたの心的・肉体的負担相応のお金を請求してもいいでしょう。お二人がそれさえ拒否するなら、その原因は二つ考えられます。

一つは、あなたのご兄弟が「ろくでなし」だということ、もう一つは、あなたが「いい人」という名の「困った人」だということ。「ろくでなし」と「いい人」が共存すると、だいたいいまのあなたのような状況に陥ります。「ろくでなし」は、「いい人」を骨の髄まで利用し続け、「いい人」は全身不満の塊になって恨み続けるというわけです。一般に、人がある限度を超えて耐えるとき、碌《ろく》な結果を呼ばない。だから、なるべく避けたほうがいいのです。あなたがお母さんに

「早く死んでほしい」と願い、またそのことで自責の念を持つという悪循環はすでに犯罪予備状態と言ってもいい。あなたがお母さんを（間接的にでも）殺さないうちに、あるいはあなた自身が「気がおかしく」ならないうちに、あなたは大変身する必要がある。つまり、「いい人」をやめて、ご兄弟と同じように「ろくでなし」になることです。

そこで、私の提言はただ一つ。

一度みんなを集めて、「俺だけおふくろの面倒を見るのはおかしい！」と大声で叫んでみてはどうでしょう。「もう介護はやめる！」ときっぱり宣言してはどうでしょう。つべこべ理由を言う必要はない。ことのおかしさは、どんな「ろくでなし」にもわかるはずですから。一度、そういう修羅場を経由しなければ、そしてみんなが全身ひりひりするほどの痛みを覚えなくては、何も変わらない。

もっとも、あなたがどうしてもそうしたくない、そういう勇気がないというのなら、仕方ないですね。お母さんが死ぬまで、あなたは介護を続けるしかないでしょう。お母さんを恨み、ご兄弟を憎み、そして自分を責めて生きるしかないでしょう。

Q　人生の意味とは何か？　極楽を説く宗教とは？

六十二歳、自営業。仕事はまあまあ、家庭も平穏。健康。毎晩酒を呑み、週一でゴルフをする典型的な中年オヤジです。

しかし、少しは本を読みます。最近の小説のつまらなさに、学生の頃に夢中で読んだサマセット・モームをひっぱり出して読みました。

そしてガキの時には読み飛ばしていた「人生に意味などない」（『人間の絆』）という言葉に出会ったのです。

それ以来、この言葉が頭の中に鳴り続けています。

古今東西の英雄たちの人生さえ無意味だというなら、小生の人生は一体何か？　死がまったき「無」であるなら、天国を云い、極楽を説く宗教とは何か？　哲学書を一冊も読んだことがない小生にも分かるようにご教示ください。

A　人生が無意味であることを実感するには覚悟が必要です

私は普通の人生相談の回答者と異なり、嘘をついて励ます（慰める）ことはしたくないので、相談者が多少傷ついたとしても、思っていることをそのままお話しします。まず「哲学書を一冊も読んだことがない小生にも分かるようにご教示ください」という要求にあきれ果てています。お答えは「できません」というものです。

ここで相談を終えてもいいのですが、（私は優しいので）あえて続けますと、「人生に意味があるか?」という問いに対して真摯な答えを与えるのは、とにかく難しい。それは、こう問う多くの人が、人生に意味がないはずがない、だから何でもいいから都合よく納得できる「意味」を提示してほしい、と願っているからです(あなたもその一人?)。

モームは哲学者ではないのですが、多分この問題を一番考え抜いた哲学者はニーチェでしょう。彼は、キリスト教の教えはすべて嘘であり、坊主たちがグルになって二千年間われわれを騙してきたとみなしました。この世で報われなかった人があの世で報われるわけでもなく、この世の幸不幸は永遠に清算(最後の審判)されない。高速道路で飲酒運転のトラックに追突され幼児が焼き殺されたのも、電車が脱線してビルに激突し、ぐちゃぐちゃになった車体の中で多くの乗客が死んだのも、その人たちがただ「そこにいた」からです。こうしたとき、われわれは「なぜ、罪もない幼児が? なぜ、親孝行の息子が?」と問います。古来人々はこう問い、「われわれには測りしれない目的によって、神が災いを意志したのだ」と解釈して、心を慰めてきましたが、ニーチェはきっぱりこれを否定する。すべてはただそうなっただけ。その奥に隠された意味(意志)などまったくないのです。彼はこの(彼によれば)真理を伝えるのに全人生をかけ、ついに発狂しました。

人生に何の意味もないことを全身全霊で実感するのは、それほどきついことなのです。あなたも、そんなに「人生の意味」を知りたいのなら、あと統計的に死ぬまで十年ちょっとあるのですから、残りの人生、それを探究することに費やしてみてはいかがでしょうか? それが厭なら、謙虚にただ「わからない」と呟いて死ぬことをお勧めします。

Q　四十一歳になる弟が稼げません。将来が心配でなりません

私は五十三歳の主婦です。私の四十一歳になる弟のことで相談があります。

弟は大学卒業後、証券会社に入社し、バブルの絶頂期に社内結婚、しかしバブル崩壊と同時期に離婚、そしてリストラされています。子供はいません。

それ以来、何か気が抜けてしまったようで、四十代になっても独身生活。社会保険労務士、ファイナンシャル・プランナーなど資格取得にチャレンジし、その資格を活かして働いているようですが、所得はアルバイト程度で（国民年金も払えていません）、父親からの援助なしでは暮らしていけないようです。

身内の私が見た限りですが、弟の性格は悪くなく、独身女性にもモテるように見えるのですが、このままでは弟の未来が心配です。

弟を一人前にするにはどうしたらよいでしょうか。

A まず、あなた自身が弟さんを見下す姿勢をやめなさい

回答を裁判の判決形式にしますと「主文、放っておきなさい」となります。あと判決ではぐだぐだ「判決理由」が続くのですが、今回の場合、何と理由づけようと（たぶん）五体満足で精神病に陥っているわけでもない四十一歳の男を「一人前にする」ために姉が（いや、ほかの誰でも）口を挟むことはありません。

ご相談の内容を仔細に見ても、別に弟さんに何の問題もないじゃありませんか？　むしろ、私はこういう相談をもちかけるあなたのほうに問題があると思います。世の中には、周りの者（とくに家族）が「普通」でないときわめて居心地が悪い「善人」という名の一群の人々がいますが、あなたもその一人のような気がしてなりません。その「普通」の中心に仕事と結婚がデンと居座っている。あなたも、弟さんがしっかりした職業についてしっかり金を稼ぎ、しっかりした家庭を築けば、それでいいのでしょう？　しかし、——あえて原則論を言いますが——さまざまな生き方があっていいのではないですか？

現代日本、組織に入らなくても食っていける道はいろいろありますし（弟さんはいまそれを模索しているのではないですか？）、結婚しなければならないという規則はありません。というわけで、自分の弟であっても自分とはまったく別の人格であることを尊重して、今後弟さんの人生に対してあれこれ干渉するのをいっさいやめることをお勧めします。

なお、親が彼を援助するのは勝手です。親はそういう息子に育てたことに負い目を感じている

のかもしれず、彼はそれにつけ込んでいるのかもしれない。しかし、このすべては親と彼との関係であって、あなたとは関係ありません。

あなたが弟さんのことを思えば思うほど、弟さんはあなたに依存するでしょう。そしてあなたを激しく憎むでしょう。なぜなら、あなたの「弟を思う気持ち」には「自分は立派にやっている。でも弟は？」という自分との比較による見下しの視線があるからです。そのかぎり、弟さんはあなたの言葉に従うことはないでしょう。そして、あなたが（以上の意味での）見下しの姿勢を変えることもないでしょうから、私の回答はとても簡単なものです。

放っておきなさい！

Q　仕事の引き際で未練と責任を感じています

私は五十八歳の会社経営者です。業務内容は大手デパートやブティックを取引相手にした婦人服のサイズ直しです。三十一歳で独立して、今日までひたすら仕事に従事してきました。

息子も独り立ちしたので、近いうちに自分は引退して、趣味（旅行、釣り、映画鑑賞）の世界に身を投じ、のんびり生きたいと思っています。息子たちは会社を継ぐ意思がないので、他人に譲渡するしかないのですが、なかなか引退のふんぎりがつきません。「自分の会社」という未練があったり、これまで一緒に仕事をしてきた職人や社員の今後の生活が心配になったりと、「責任感」という気味の悪いプレッシャーを感じてしまいます。

これまで築き上げてきた会社への未練を断ち切るにはどうしたらいいでしょうか。

A　未練があるなら、死ぬまで社長をしていなさい

私のこれまでの乏しい人生で学んできたことは、何かを得ようとすれば何かを捨てなければならないということです。あれもこれも欲しいというのは、無邪気で無謀な要求ではないでしょうか。

あなたのご相談を読んで（いつものように？）困ってしまったのは、あなたの「趣味の世界に身を投じ、のんびり生きたい」という欲望はいったい何なのか、ということです。「ふんぎりがつかない」のなら、そんなことをしても面白くもなんともないでしょう。そんなに「自分の会社」に未練があるのなら、死ぬまで社長をしていればいいではないか、それで何の問題もないではないか、と世間に疎い私は思ってしまいます。

私がにらむに、あなたはのんびり生きたいと思いつつも、わが子のように会社の行く末が心配でならない。往々にして人は社長でなくとも、自分の属している組織に未練を覚え、そこを脱しても何かとちょっかいを出そうとしますが、私の持論は、自分が組織を創立したり拡大したり危機から救ったりというように、組織にとっての英雄であればあるほど、そこを脱した後は組織に

介入しないほうがいい、未練たらしく、また「お声」の掛かることなんか期待しないほうがいいのです。学界でも老人は暇なので、やたらと全国大会に出没し、たまに間抜けな発言をして失笑を買いますが、それこそ老醜の最たるもの。知力が衰えたら、家でじっとしていればいいものを！

ですから、私の提言は（いつものように？）とても簡単なものです。あなたがそれほど会社に未練があるなら、死ぬまで会社にしがみついていてはいかがですか？　みんなから、マヌケ、ボケ老人、アホといわれてもくじけず、老衰まで至って立派に社葬を迎えるのです。

あるいは、あなたが本心から「のんびり生きたい」と思って会社を辞めるのでしたら、いっさい会社から縁を切る。会社がつぶれようが、役員が全員逮捕されようが、おとぎ話の中のことのように「あっ、そう」と泰然としている。どちらかだと思います。このあいだを未練がましく、ぐらぐらゆらゆら揺れているのは、心にも体にもよくない。どうせ、あの世（があるとして）まで会社を持っていけないのですから。

Q　先の暗い人生でも生きるべきでしょうか？

私は五十八歳の零細自営業者です。

同世代の先生なら説明する必要はないと思いますが、学生時代から頑迷に反体制を信条として、就職や年金とは無縁の生活を送ってきました。

そのことに後悔はありませんが、困ったことに働ける年齢を越えて生きのびそうな予感がするのです。いまさら、官にたよって生活保護を受けるなんて恥ずかしくて出来ませんし、この歳になって信念を曲げてまで生きる気もしません。

自殺は解決手段ではないと読んだことがありますが、私はこれから到底よくなるとは思えない苦渋の日々を寿命が尽きるまで生きなければならないのでしょうか。あるいは、何としても生きるべきなのでしょうか。

その理由があるのでしたら教えてください。

A 「信念」を生きるとは割の合わないものです

これも同じようなご相談で、一見どう答えていいか難しそうですが、私の回答は至極簡単です。自分の「美学」があなたにとって何より大切なことでしたら、これまでせっかくがんばってきたのですから、国家の面倒を今後もいっさい辞退して、潔くホームレスになってしまってはいかがでしょうか？　そして、どこまでも自分の美学を全うして死ぬことです。

私が法学部を捨てて哲学に身をささげようとしたときは、先生から「自殺率は高いですよ」と言われました。三十三歳で誰も待つ者のいないウィーンにひとり私費留学したときも、ドクター論文が書けなかったら戻ってはこれない、死ぬしかないと思いました。

たとえ誰もほめてくれなくとも、いやバカだ、アホだ、と罵倒されても、それがあなたの「生き方」なんですから、それでいいではないですか。本物の「信念」とはそういうもの、そういう割の合わないものです。だから（場合によって）感動的なのです。ソクラテスが最後の最後で脱獄してしまったら（そういう誘いは多かったし、それは可能であった）、弟子のプラトンはじめ彼のことなどすっかり忘れてしまっていたことでしょう。単なる「合理的な爺さん」で終わっていたことでしょう。

とはいえ、私は自分の信念を貫き、ついに毒杯を仰いだソクラテス的生き方を賛美し勧めるつもりは毛頭ない。もうひとつの合理的な爺さん的生き方もなかなかいいのではないか、と思っています（私だったら迷うことなく脱獄します）。つまり、昨日までの反骨精神などきっぱり捨てて、たったいまからは国家や政府あるいはボランティア団体からすべての「援助」を貪欲にむしり取るのです。あらゆることを巧利的かつ合理的にとらえなおし、「豊かな」老後に備えるのです。あっという間に変身する生き方も、なかなか颯爽としていいものですよ。

こちらは、ソクラテス型に対して、ホッブズ型とも言えましょう。俺が人々と暗黙の社会契約を結んで国家を承認したのは、自分にとって利益があるかぎりであるから、国家が俺に死刑を請求したら、さっさと逃亡するのが当然だ、という考えです。どうです、なかなかさっぱりしていていいでしょう？

Q　酒と年齢のためか思考力が落ちた気がします

五十九歳の会社員です。私は若いころから酒が好きで、いまでも毎日飲んでいます。ことに学生時代にはずいぶん乱暴な飲み方もしました。若いころプラトンの『饗宴』を読んだことがありますが、あれだけ飲んでよく議論が出来るなと思ったものです。

ひとつ先生におうかがいしようと思っていることがあります。哲学者は、酒を飲みながら哲学の諸問題を取り扱うこともあるのでしょうか。そうしたときでも哲学でいう悟性（論理的な思考力）は確かに働くのでしょうか。

私は自分の人生が少々おぼつかなくなってまいりました。酔ったときや、歳を取ったためか、そうした先天的な思考機能がうまく働かなくなって来ているのではないかと気になります。ボケとも関係するものなんでしょうか。

A　ボケ防止の最良の薬は「残酷な仲間」をもつことです

これは、いままでで一番答えやすい質問です。ごく最近、人間ドックに入ったら、酒の飲みすぎで身体中いたるところガタがきているという診断で、節酒せざるをえなくなりました。一日三合は下らなかったのですから、無理もありません。私の知っている哲学（研究）者も、大体酒飲みです。恩師の大森荘蔵先生も大酒飲みで、私の歳のころ脳梗塞で倒れました。先生によれば、哲学など（あほくさくて）酒を飲まずにはやって行けないからです。

さて、ご質問ですが、答えはイエスです。私は、どんなに酔っても、哲学的議論はどこまでもできる。頭はかえって明澄になって、日ごろ抑えているタガが外れて、そこにいない仲間を次々にアホだ、バカだ、トンマだと断罪し、そこにいる仲間の面前で、「あんたは何も判っていない！」とも言える。若いころは、帰り道相手から闇討ちに遭うのではないかと思うほど喧嘩もしましたが、それもアルコールの作用が大でしょう。そして、私の「特技」なのですが、足腰立たなくなるほど酔っても、そのとき自分が何を言ったか、相手から何を言われたか、完全に憶えているのです。ですから、あとでなかなか「いい議論」をしたと思い、それが次の思索の機動力になっていることも多々ありました。

歳を取っても自分ではまったく変わらないつもりでも、同僚からは「中島さん、まるくなった」と言われて、ボケの兆候かなあと不安にもなります。しかし、先日至ってうれしいことがありました。かつて私の主宰していた「無用塾」から東大の大学院に入り、いまドクター課程にいるT君に久しぶりに会って、「これからは、ボケても気づかず、みんなから嘲笑されるという醜態だけはさらしたくない、誰か本当のこと言ってくれないかなあ」と言うと、「大丈夫、先生の場合、言ってくれる人はたくさんいると思いますよ」という答えが返ってきました。とんだ杞憂であって、そういえばいまでもわずかな老衰の兆候をも探り出そうと虎視眈々と狙っている同僚たちの鋭い視線を浴びながら、絶対その手に乗るもんか、と老体に鞭打っている次第です。

というわけで、ボケ防止の最良の薬は、「優しい仲間」ではなく「残酷な仲間」に囲まれることだと思いますが、いかがでしょうか？

Q　老後に楽をして暮らすことは罪悪か否か？

私は六十六歳の男です。六十歳でサラリーマンを定年退職後、現役時代の専門を生かして大学で講師をしていました。これから、年数回は海外旅行をしながら老後を過そうと思っている矢先、脳出血で倒れ、左半身麻痺になってしまいました。

その後、娘が私をリハビリに専念させようと、わざわざ費用の高いリハビリテーション病院に転院させました。しかし、私にとってリハビリは苦痛なだけなのです。ここまできて、余生で何をいまさら、がんばらなければならないのか？　もう、がんばりたくないのが本音です。むしろ、老人ホームへ入れてもらって楽をして暮らしたいのです。しかし、娘たちはリハビリを受けさせようとします。

残された「とき」を、出来る限り楽をして暮らすということは、何か悪いことなのでしょうか？

A　あなた自身の幸福を強調して、家族を説得するのもよし

これは、答えやすそうで答えにくい質問ですね。すべては趣味の問題だと言えばそれまでですし、また「罪悪」とは何かはっきりしません。気が抜けるほど簡単な回答をしますと、「余生で何をいまさら、がんばらなければならないのか？」と真に疑問に思うなら、がんばる必要はないと言えます。しかし、ご質問の趣旨は次にあって、それでも、お嬢さんの気持ちを考えると、がんばる必要があるのか、となりましょう。

この問題は、倫理学的には、自分の幸福と他人の幸福が衝突するとき、どちらを優先させるべきか、と一般化することができる。しかし、もちろん場合によって異なります。もしご相談が、自分は自殺したいのに（それが幸福なのに）親が引き止めるから実行できない（親を不幸にできない）というのでしたら、私は躊躇せず、「それでいい」と答えるでしょう。自分は死にたくないのに、クラスのみんなが「死ね！」と言うから死なざるをえない、というのなら「死んではならない」と答えるでしょう。なぜかって？　直観です。倫理学のあらゆる理論は直観の前に膝を屈するべきであり、理論と直観とが一致しないときは、迷うことなく直観のほうを取るべきである、と思います。なぜか？　これもまた直観です。

お嬢さんの掲げているのは、他人の意思を無視し、自分の意思を押し付ける人特有の論理であって（圧倒的に善人が多い！）、「すべては本人のため」と固く信じているのですからたまりません。あなたがぐらぐらしているから、彼女はそこにつけ入るのです。本当にあなたが「余生はこ

うしたい」という強固な信念を持っており、それを正確にお嬢さんに伝えれば、わかってくれるのではないかと思います。お嬢さんが、「あなたのため」という欺瞞的論理を捨て去り、リハビリをしないほうが本当にあなたの幸せだと悟ったあとで、でも「自分のためにリハビリに励んでほしい」という真実の気持ちを吐露するなら、あなたも対処しやすくなるでしょう。あなた自身の幸福を強調して、彼女を説得するのもよし、あなたの幸福は彼女の幸福を無視しては成り立たないのだから、彼女に従ってもよし、とにかくお嬢さんとのコミュニケーションはうまく行くと思います。

Q 「悟り」の世界はただの夢なのでしょうか?

私は五十六歳の主婦です。三十年ほど前、結婚して心のバランスを崩したことがきっかけで、精神世界に関する本を読み漁り、悟りという煩悩に支配されない境地に憧れるようになりました。それから、さまざまな講演や参禅会に参加したりしましたが、今でも悟りなどとはほど遠く、つい感情的になったり、主人に嫌味を言ってしまいます。

以前と何一つ変わらず、同じところを堂々廻りしているような気がします。

最近はいっそ、悟りなど無いと言われたほうが気が楽だとさえ思ったりします。ほんとうに悟りというものはあるのでしょうか。

それとも元々ない夢を追い求めていたに過ぎないのでしょうか。なにか手掛かりをいただけると幸いです。

A　自分で一生かかって確かめてみるしかないでしょう

今回のご相談も「いらいらする」ものですね。大体、哲学者ごときに「悟り」が在るか無いかを聞いても、まともな答えが返ってこないことぐらいわからないのでしょうか？　同じように、神はいるのか、善悪の基準はあるのか、真理はあるのか……といった問いに、ハキハキ答えてしまう哲学者は、正真正銘のニセモノです。

では、哲学者はこうした問いに対して何もできないかというと、そうではない。哲学特有の領域を指し示すことはできます。あなたはすでにわかっているかのように「在る」とか「無い」という言葉を使っていますが、じつはその意味は皆目わからないのだ、ということをあなたに気づかせることです。

「悟り」が「在る」としても、それはコップのように、空間のように、数字のように在るわけではない。では、「どのように」在るのか、もしかしたら「無い」のか、と問えば、まず論理学的法則から決められるのでないことは確かです。「悟り」は別にそれ自体として矛盾しているわけではないのですから。また、物理学などの科学を持ち出して決定できるわけでもない。現代科学のすべての成果をもってしても、意識についてはわずかにも説明できない。「見える」ということ、私が私の手を「上げられる」ことさえまったく説明できません。このことを話すと話が長く（この千倍くらいに）なりますので、いまはやめます。疑いなく、「悟り」とは意識に関することですから、科学者をはじめ、その体験をしたことがない人が「外から」アレコレ詮索しても仕方ないのです。

言いかえれば、あなたが本当に確かめたかったら、実際あなた自身で確認してみるしかないでしょう。あなたがいままでどのような修行をなさったのか知りませんが、そんなに気になるのでしたら、自分で一生かかって確かめてみるしかないのです。しかも、最後までわからなくて、そのまま死んでいくかもしれないのです。

本当に心の底から出た問いなら、それでもかまわないはずですし、そもそも他人から「手掛かり」を得ることでは満足できないはずです。そうしないで、安直に答えを求めているあなたにとっては、悟りなんか「無い」と割り切って「気が楽」になったほうがいいのではありませんか？

Q　哲学者はなぜ、行動することを説くんですか？

「哲学者たちはただ世界をさまざまに解釈してきたにすぎない。肝腎なのは、世界を変革することである」といわれて以来、かどうかわかりませんが、この歳（六十歳）になってみると哲学や思想は、ただ世界をかき回して来ただけにすぎないように思います。

哲学者が行動を始めて以来、そのことでよくなった時代はないのではないか。行動が世の中をかき回し、多くの犠牲をともない、後始末できないくらいならば、解釈で十分だったのではないかと思います。

哲学は本当に人々の人生に役立つのでしょうか。

もしそうであるならば小生も心をいれかえて少し勉強しようとも思います。哲学者は奇癖な人が多いようですが（これは推測です）、哲学者はなぜ人々に行動を説くのでしょうか。さらにこれからの世界は哲学により一体どうなっていくのでしょうか。

A　哲学が、役に立たないことは昔から決まりきったことです

今回は、ご質問の趣旨がはっきりしなくて閉口しました。まず、前提とされていることがよくわかりません。はたして、哲学は「行動することを説く」のでしょうか？　このことと「哲学や思想は、ただ世界をかき回して来ただけにすぎない」ということとの関連がまたわからない。私見では、哲学はそれすらしていないと思われますが。「哲学は本当に人々の人生に役立つのでしょうか」という疑問も、いままでの疑問との連関がいまいちわからないのですが、この問いには「いいえ」とはっきり答えられます。哲学は何にも役に立ちません。よい意味でも悪い意味でも、

「世の中をかき回すこと」はできません。

だいたい、マルクスなどという哲学的センスの片鱗もない男の言うことを哲学者だと信じて使ってはならない。彼は哲学者でなかったがゆえに、あんな見事なほど論理的に破綻しながらもある種の人に勇気を与える書物（つまり『資本論』）が書けたのです。レーニンに至っては、さらに頭が悪かったから革命なんぞできたのです。

忖度《そんたく》するに、あなたは哲学や哲学者について全然知らないで、当てずっぽうに問うているのではありませんか？　でなければ、そもそも「哲学は本当に人生に役立つのでしょうか」などという見当違いの質問をするはずがないからです。哲学が、まったく役に立たないのは、太古の昔からもう決まりきったことなのです。では、役に立たないまでも何かの価値はあるのかとあえて問うてみても、はっきり何の価値もないと答えられます。では、なぜ哲学など「ある」のか？　哲学は、何の価値もないけれど、きわめて少数の人にとって、なくてはならないものなのです。生涯かけてもわからないことを知りながら、「死んだらどうなるか」「善悪の基準はあるのか」気になってしかたない。そういう問いにすがって生きるしか生きる理由がないのです。

こういう人は、幸いきわめて少数で、そうですねえ全人類の〇・〇一パーセントくらい、一万人に一人くらいでしょうか。はっきり言って、病人なのですね。これに関しては「哲学者は奇癖な人が多い」というあなたの言葉は当たっています。今回のご質問は、正直言って、この十一文字以外はまったくの勝手な思い込みから出ているので、まともに答える気力が湧きませんでした。

Q　ひとはなぜ墓をつくるのか？

私は定年間近のサラリーマン。六十一歳、男性です。わが家の墓は長野県の山村の眺望のよい丘の上にあります。両親はそこへ長男の私がはいることを望んでいますが、妻は「あんな淋しいところはいや、私は東京の実家の墓にはいりたい」と言っています。

でもお聞きしたいのはそのことではなく、考え方の問題です。「人間は墓をつくる動物である」と以前本で読んだことがあります。

一回限りの人生だから墓なんて要らないと思いながらも、訪ねてくれる人のことを考えると墓のことも考えてしまいます。「自分らしく生き、自分らしく死にたい」と考える人間が、自分のかかわらない死後のことなんて考えるのは矛盾しているでしょうか。哲学者の中島先生は「墓をつくること」についてどうお考えか、ぜひ教えてください。

A　墓どころか、死体でさえどうでもいいと考えます

ご質問に対して、単刀直入に答えると、「どうでもいい」となります。墓どころか、私の死体でさえどうでもいい。葬らずにそこらに転がしておいてもかまわないのです（法律で禁じられて

いるようですが)。

子供のころから「死」について頭のしびれるほど考え、世間における死に対する「嘘」にも頭のしびれるほど憤り、いまの心境に達しました。人は、「死」を直視しようとしません。それが、多分永遠に無になることであること、しかも二度と生き返らないこと、その凄まじいほどの不条理に向き合おうとしません。

その理由もわかっています。本当に真剣にそのことを考え抜いたら、狂気に陥ってしまうから、そうでなくても人生の虚しさにやりきれなくなってしまうからです。だから、みんな一致団結してごまかし続けるのです。そのごまかしを拒否する人を(おかしなことに)「常識のないヤツ」と決め付けて排斥するのです。

そして、葬式も墓もごまかしの最たるもの。だから私は自分の哲学者としての誠実さをかけて「抵抗」しているのです。遺骨はただの物体だと思っていますので、父母の墓参りにも行きません。お墓に手を合わせることは、どう考えても無意味に思われるからです。

こんな私からすると、「あんな寂しいところはいや」と言われる奥様は、錯覚に陥っています。お墓の中には物体としての骨しかないのですから、物体にとっては墓が商店街のど真ん中にあろうと深山幽谷にあろうと「寂しい」はずもないじゃないですか。あなたも負けじと「訪ねてくれる人のことを考えると、墓のことも考えてしまいます」と言われますが、単なる骨はそんなことを「考える」ことはできないのです。

最後に、「自分らしく生き、自分らしく死にたい」ということと「自分のかかわらない死後のことを考える」こととは、「矛盾」しているわけではありません。「自分らしく生きる」ことの中に「自分のかかわらない死後のことを考える」ことを含ませれば、それも自分らしいわけで、まったくもって整合的だからです。

なお、これは私という哲学者の死に対する態度であって、哲学者一般の態度ではありません。「おとなしく」葬式に参加し、お墓の前で拝む哲学者が大部分だということも付け加えておきましょう。

Q 個人主義者にとっての老後を生きるヒントは?

現在、五十三歳既婚、フリーランスで仕事をしている男です。私は元来、めんどうくさがり屋でわがままで、人付き合いも苦手です。特に冠婚葬祭、歓迎会、忘年会など、あらゆる会合や行事に出席を拒んできました。こんな利己的性格ですから当然、会社組織に馴染めるはずもなく、こうして一人で事業をし、近隣との人間関係の希薄なマンション生活をしています。

しかし、現在、老後の問題など何となく将来に一抹の不安を感じています(目の前にある離婚の危機による自信喪失でしょうか)。自分本位な生き方をしてきたため、義理を欠くことも多く、自ら世間を狭くしているようにも感じます。いずれしっぺ返しが来るような気がするのです。個人主義生活者に「老後を生きるヒント」を教えてください。

A「自分とは何か？」という問いを突き詰めて生きることです

「個人主義生活者」にとっての「老後を生きるヒント」という言葉によって、あなたが何を期待されているのかよくわかりません（そもそも「個人主義」という言葉の意味がはっきりしない）。もし、私は長く世間に背いて自分本位を貫いてきたが、老境に至り身体もガタが来ているし、このまま一人で生きていくのも寂しいし不安だから、どうにかしたい、というのなら、あなたの言うところの「個人主義」をきっぱり捨ててしまえばいいのです。前後左右の他人の思惑を常に斟酌《しんしゃく》し、自分勝手な考えはぐいと抑え込み、厭なことも率先してなし、「和」を大切にし、これから必死になって「もちつもたれつ」の人間関係を復元するのです。

それはイヤだ、やはり「個人主義」を貫いたまま安全な老後を迎えたい、と言いたいのなら、そんなムシのいい話はないと答えましょう。「いずれしっぺ返しが来る」ことを予見もせずに、よくも「個人主義」などに乗ってきましたねえ。失礼ながら、おめでたいとしか言いようがありません。わが国民が、「個人主義」を蛇蝎《だかつ》のように嫌っていることを知らなかったとは！ 漠然と知っていたとしても、その大量破壊兵器級の威力に対する自覚がなかったとは！ あきれ果てます。

しかし、もはや手遅れですから、残された老後は、先に言ったように、「個人主義」をできるだけ「緩和」して、世間との和解策に奔走するか、あるいは潔く居直って、暗く寂しい老後を迎えるか、のどちらかしかないように思います。

そして、ここまでがんばってきたのですから、できれば「転向」せずに「個人主義」を貫くことをお勧めします。それには、自分ひとりでできる仕事を見出すことが絶対に必要です。単なる趣味ではなく、あなたの実存の中核に届く仕事。例えば、「自分はなんでこうまで人付き合いが苦手なのか、利己的なのか、自分本位なのか」という問いを、つまり「自分とは何だろう?」という問いを突き詰めることです。

そのためには、絶えず思索しなければならず、これまでの体験を微細な襞に至るまで想い起こさねばならず、多方面にわたる読書もしなければならない。つまり、孤独かもしれませんが、ずいぶん充実した老後をエンジョイできるのではないでしょうか。

Q　わが人生をともにした本やレコードの処分について

わが家はいま、小生が若い頃から読んだり聴いたりしてきた本、レコード、CD、ビデオなどで溢れ返っています。しかし、さすがにこの歳（六十）になると、このコレクションは自分の死後どうなるのだろうと考えざるを得ません。おそらく、妻や子供たちにとってはこんなものを残されても邪魔なだけでしょう。

ですから、いまのうちに処分してしまおうとも思うのですが、コレクションのひとつひとつに自分が何を考え、何に悩み、何を追い求めてきたのかという思い出が染みついており、その意味ではこれら本やレコードは小生の人生そのものです。潔く処分できないのは、生への醜い妄執に過ぎないという気もするのですが、中島先生はどのような処置を講じておられるのでしょうか?

A 私は蔵書で貸し出し自由の閲覧空間をつくります

これは、わりにどこにでも見かける質問だと思います。私も、還暦を過ぎて来年三月で大学を辞めるつもりですので、いまから毎日のように「捨てる」作業に勤しんでいます。私は、何でも大切にとっておく性格なので、書物(約一万冊)をはじめとして、自宅や研究室には「思い出が染みついた」ものが山積しています。毎日、今日は手紙を百枚破るぞ、明日は写真を五十枚破棄するぞ、と自分に言い聞かせて実行している次第です。

その基準は、まず単に義理から保存しているものを捨てること。例えば、献本されたつまらない本(たとえさまざまな献辞が書いてあっても)や、知人の赤ちゃんの写真や、友人から描いてもらった絵など。

次に、ある程度高価であっても、興味のないもの、飽きたもの、似合わなくなったものは潔く他人に譲る。私は、ヨーロッパで買った民芸品や複製絵画や民族衣装や厚手の毛糸のヤッケなど、ずいぶん学生にあげました。

こうしても、まだ膨大な数のものが残りますが、それらは大学を辞めてから（研究室がなくなるのでその代わりに事務所を借りて）そこに保管する予定です。一万冊の本を自分だけのために持っていてもしかたないので、貸し出し自由の閲覧空間にする。いまでも、全国各地で買い求めた〝ぐい飲み〟は、学生たちとの「日本酒を愛でる会」で共同使用していますし、いろんな人に美術書や写真集やＤＶＤなどを貸しています。その場合、盗まれても失くされても「まっいいか」と思うくらいの太っ腹でないとやっていられない！　ケチな人は、さしあたり「返してもらえる可能性のある人に渡す」のがいいのではないでしょうか？　以前、ある学生に「ＮＨＫ漢詩ビデオ」全三十巻をあげたのですが、その二年後に全部返してもらいました。

どうせ、もうじき死んでしまうのですが、とはいえ「すべてを綺麗に整理整頓して」死ぬつもりもありません。どうしても捨てられないものは、どんなガラクタでも死の間際まで取っておいて、あとは家族でも他人でも好きなように処理すればいい。

言いにくいことですが、そもそも私は自分の死後にまったく興味がなく、何がどうなろうとどうでもいいのです。

Q　歳とともに肥大する孤独との向き合い方

六十五歳の男性です。人間、歳を取るとだんだん孤独になるものだとつくづく実感しています。若い頃は学才に恵まれていた男が、いつのまにか「俺は文化なんてものには興味はねえ」と野卑な口調で本性をあらわしたり、デリカシーに欠けていた男の品性がますますひどくなったり。さらには盟友が亡くなったり……。

そんなこんなで、私はこの七～八年ほどの間に若い頃からの友人をあらかた失くしてしまいました。孤独であることにもそれなりの味わいはありますが、しかし、人生、いや歳を取るということは、やはりかくも無慚《むざん》なものなのでしょうか。

歳を取ることによって生じるどうしようもない孤独にどう対応したらいいのか？　適切なるご教示をお願いします。

A　わずかでも心の通じ合える人がいれば絶対的孤独は避けられる

私は「孤独」がそれほど嫌いではなく、「それなりの味わいがある」と思っていますので、「どう対応したらいいか」に対する直接のお答えにはならないかもしれません。

あなたの問題にされているのは、主に「他人との関係」でしょう。それにも二つあって、一つは、人間、歳を取ると「品性」がますますひどくなること、そしてもう一つは、親しい他人や愛する他人が次第に自分より先に死んでいって、だんだん心細くなること。

前者については、私もほぼ同じ印象を持っています。私が同年齢の男女との付き合いをかなり切っているのは、――自分はともかく――一般的に言って中高年の「醜さ」に耐え難いからかもしれません。それに加えて、私は「哲学」なんぞに首を突っ込んでしまったので、五十や六十の「普通に出来あがった」男たちと話すことは何もないと確信しているせいでしょう。この歳になって、妙に哲学に擦り寄ってくる老人も嫌いですしね。

大学の教師や研究者、あるいは物書きをしていて気が晴れることは、若い学生たちや若い研究者たちや若い編集者たちや若い読者たちとの「交流」が、適当にあることです。もちろん、彼らの中にも「心の醜い」輩はいますが、私の周りには総じて「心のきれいな」人が集まります。そう自分が厳選しているからなのですが。

このことは、第二の孤独にも通底しています。私の場合、特殊かとも思いますが、自分と同世代の男女との付き合いをほとんど完全に絶っていますから、ということは、小学校から大学までの同級生などとの交際はないので、誰が生き残っているのか、誰が死んでいるかさえ（連絡がないので）わかりません。それに、私は目上の人との付き合いは（どんな恩人でも）苦手で、これもほぼ完全に切り捨てていますので、目下、誰が死んでもいっさい葬式に行く義務はないのです。

ま、別に老後の孤独に備えてこう準備したわけではありませんが、私はその時々で一緒にいて心の通じ合える人がわずかにいればそれでいい、という「刹那主義」に徹しています。どんなに歳を取っても、自分のしたいことを誠実にかつ熱心に追求している限り、理解者は出てきますし、その限り絶対的孤独は避けられると思いますが……。

Q　父親とはどういう存在であるべきか？

六十二歳の父親です。三十歳代の息子と娘がいます。私が育った家庭環境は封建的であり、父を敬う風潮のある時代でした。しかし、その風潮も現在では古臭いと子供や妻に反感を買うだけです。最近、私が思うのは私自身が父親として、どんな存在だったかということです。子供たちは、大学を出たのですが就職氷河期ということもあり、安定した職につくことなく、社会を彷徨《さまよ》っていますし、結婚もしていません。私は家族の幸せを考えこれまで働き、経済的な豊かさも獲得してきたつもりでしたが、これで良かったのかと疑問が残ります。子供たちに一体何をしてやれたのかと考えるとやりきれない思いに囚われます。父親の役目を終える時期が近づいているのですが、父親とはどういう存在であるべきかと今頃になって悩んでおります。中島先生はどのようにお考えでしょうか？

A　父親は子供から忘れ去られることを望まなければならない

今回の二つのご質問を読んで、あらためて私は「人生相談」に向いていないなあと思いました。

人生相談を持ちかける人は、たぶん常識の範囲を超えないかぎりで、つまりあまり苦労なく実行できる範囲で、何らかのポジティヴな回答を求めている。あるいは、ちょっと考え方を変えれば「楽になる」そんな妙薬を求めている。とすると、私にはそういうご期待に答える素質も趣味もないからです。

人生が何の意味もないことは自明であり、その無意味な人生の終局は死であって、(たぶん)永遠の無に突入するのでしょう。こうした差し迫った大問題に比べると、どんな相談も失礼ながらちっぽけなもの、どうでもいいものに思われてしまうのです。

と厭味を言ったうえで、お答えしますと、私も一人の息子の父親ですが、「父親とはどういう存在であるべきか」と悩んだことはまったくない。なぜなら、父親とは、とくに男の子にとって——三島由紀夫の言葉なのですが——「それ自体としての存在が悪だ」ということがよくわかっているからです。もともと存在が悪なのですから、善人ぶってもすぐに化けの皮がはがれてしまう。

父親は子供に何をしても、いや、何かをすればするほど嫌われます。とくに、感謝されよう、尊敬されようとして何かをすることが一番いけない。とすると、何もしないのが一番いいという結論が直ちに出てきます。

父親は勝手に子供を作ったのですから、子供を経済的には二十歳までは支援する義務がある。子供に生きていく力を授ける義務もあるかもしれない。しかし、それは「義務」なのですから、何の見返りも期待してはいけない。とくに、「立派な人」になること、「幸福になること」を期待することが一番いけない。そんなことは、（父親という）他人が口出しすべきことではないのです。父親は、苦労に苦労を重ねて子供を育て上げたら、子供から忘れ去られることを望まなければならない。

子供に対する執着を断つこと、子供から独立することです。どうせ、あなたはあとちょっとで死んでしまうのですから、お子さんの人生はお子さんに任せて（就職していなくても結婚していなくても、構うことはない）、残された人生を自分のために使ったらいかがでしょうか？　悪人は悪人に徹することです。

Q　二十年間に亘る愛人との別れ方

私は六十歳の男性です。マスコミ関係の会社に勤務しています。結婚し、子供もいるのですが約二十年前から社内に愛人がおります。当時、彼女は二十二歳の新入社員で私は課長。上司と部下という関係で、仕事の相談などをするうち、自然と愛し合うようになってしまいました。いわゆる金を介在させた愛人関係とは異なります。それだけに別れるに別れられず、ずるずると今まできてしまいました。妻には悟られていないと思います。妻は現在まで大変私につくしてくれていて、離婚は考えられませんでした。しかし、私もこの二年以内に定年退職することになり、この生活に区切りをつけなくてはなりません。彼女も私に付き合ったことで、四十歳を過ぎ婚期を逃してしまったように感じます。この関係をどうすべきか悩んでいます。というより答えが出ません。哲学的な考え方をご教示願います。

A いまさら、うまく収まるように願うのは身勝手というものです

こうした悩みも困りものですね。なぜなら、私には何の問題もないように見えるからです。相当の理由で奥さんと離婚したくないのなら、離婚しなければいいのだし、相当の理由で「彼女」を愛しているのなら、そのままでいい。定年間近だから（この理由がよくわかりませんが）「この生活に区切りをつけたい」のなら、そうすればいい。何の問題もないではありませんか？　あなたの決断を妨害するものも、さしあたり見当たりません。

もしかして、あなたは奥さんを傷つけること、あるいは「彼女」を傷つけることを恐れているのではありませんか？　われわれは、他人を傷つけなければ生きていけない、これは人生の「公理」です。もうあなたは、「彼女」を十分傷つけていますし、たとえ奥さんにバレていなくても、だからこそもっと、奥さんを傷つけています。

ちなみに、このあたりが「哲学的な考え方」が登場する場面です。逆にしたら、よくわかるのではないでしょうか？　奥さんに二十年来の愛人がいて、それをあなたに告げないままでいると

き、あなたは現実的には傷ついてはいないけれど、可能的には傷ついている。なぜなら、何かの拍子にあなたがそれを知ったら、現実的に傷つくからです。あるいは、こう言い換えてもいい。何も知らないあなたは、現実的には不幸ではない（不幸という自覚はない）けれど、可能的には（いや、客観的には）すこぶる不幸です。

というわけで、——基本的にはどうでもいいのですが——いまさらすべてがシャンシャンとうまく収まるように願うのは身勝手というものです。もっと三人とも心ゆくまで傷ついて、何らかの解決に至ったほうがすっきりしていい。「なるべく」二人を、そして自分自身を傷つけないで円満な解決を図りたい、そういうあなたの根性（すみませんが、そう読み取ってしまったので）のうちに、私はさもしさ、貧しさ、卑小さを見てしまう。こうした心持ちのほうが、妻に隠れて愛人を持つことよりずっと醜いように思われます。

このすべては、単に私の趣味なのでしょうね。

でも、人生相談に「客観的な」回答はないはずですから、私は私の趣味に基づいて回答するほかありません。

Q　青春時代を回想することで未来を切り開けるか？

私は五十八歳の男性でカメラマンです。最近、特に自分の若かりし頃、青春時代が懐かしく感じられて仕方ありません。かつては過去など振り返らないと強がっていたのですが、歳のためかテレビ番組などで一九六〇年代、七〇年代の歌や当時の新宿の風景映像、昔の自分の写真など見ると、いたたまれなくせつない気分が迫ってきます。それと同時に言いたくなかった「昔はよかった」という言葉が浮かんできます。しかし、本当に「昔はよかった」のか？「昔の若い自分がよかった」のか？「加齢による生命力の衰え」なのか？判別がつきません。また、これからの生活を考えると年金問題など私の未来には問題が山積し、懐かしんでばかりもいられません。

青春時代〈過去〉を回想することで、〈現在〉もしくは〈未来〉に何か有意義な道を見出すことはできるのでしょうか？

A　気をつけることはただ一つ、他人に思いを強制しないこと

質問者には申し訳ないのですが、今回も何に悩んでいらっしゃるのかよく分かりませんでした。「人生に有意義な道」など客観的に存在するわけではなく、自分で見出していくしかないものです。誰がなんと言おうと、現代の時世に真っ向から背を向けて、昔を懐かしんで生きることが有意義だと感じるなら、それでいいじゃないですか。わざわざそれが「本当に」有意義かどうか他人に聞いて回る必要はないのです。

これで終わりにすると字数が大幅に余りますので、さらに行間から立ち上ってくるご相談の意

図を探ってみますと、第一に、「昔がよかった」というのは、老化現象ではないかという怖れがありますね。そうなのかもしれない。「あの爺さん、またあんなこと言ってら」と若い人に茶化されるかもしれない。

ここで、あなたが気をつけることはただ一つ、あなたの思いを他人に強制しないことだけです。あなたが社長だとして、会社中を昔の思い出に染め、BGMで懐かしのメロディーを流し続け、壁に「当時の新宿風景映像」を掲げ、それを社員たちが喜ぶことを強制するとしたら、あなたはまさに「加齢による生命力の衰え」に蝕まれている。こうまでではなくても、若い人々に昔の話をしみじみ話して分かってもらえないことを嘆いたら、やはりあなたの脳髄は老化現象が進んでいます。

第二に、どうもご質問には、「こんな無駄なことをせず、未来に向かって有意義なことをすべきだ」という答えを準備しているように思われますが、それに対してはイエスであってノー。その場合、「有意義なこと」という言葉でボランティア活動など何か他人に役立つことを意味しているのなら、ノーです。まあ、したければしていいのですが、それも（私の個人的見解では）昔を懐かしんでいることと大同小異、より有意義なことではありませんね。遠くない未来にあなたは死んでしまうのであり、せいぜい二十年程度（？）のあいだにどんな「善いこと」をしようと、大したことではない。それより、意図せずに生まれてきてもうじき死んでいく、そして（たぶん）永久に無のままであることの意味を考えたらいかがでしょうか？　この身も凍るほどの残酷な現実を見据えることに費やしたらいかがでしょうか？　それこそ有意義だと思うのですが……。

Q　老老介護から人の〈生〉と〈制度〉を問う

私は七十四歳の女性です。以前の「死ぬ作法」の記事を読み考えるところが多く、質問させていただきます。私は現在、九十五歳の母親の介護をしております。昔であれば一番上の子供が還暦を迎えるころには親は天に旅立ってゆくものでしたが、医療の進歩もあり、寝たきりであっても延命治療が続いております。世間では後期高齢者医療制度が問題になっていますが、むしろ末期の医療現場を考えていただきたいと思っています。人が生きるとはどういうことであるのか、死に近い位置から医療をはじめ生きるということを見直すことが必要ではないかと思っております。哲学のご見地から、寝たきりとなった高齢者の生、死について何かご示唆いただきたくお願いいたします。ちなみに私の兄弟三人は皆、病に倒れ入院生活を送っています。私が倒れたら、どうすればいいものか、不安で一杯です。

A　われわれは「生きている」ことの意味が分からないのです

これは、大変難しいご質問です。私も大学でここ十年ほど「生命倫理」の講義を受け持ちましたが、さまざまな学説を紹介することはできても、自分の意見を言えといわれると、とたんに分からなくなる状態です。

逃げのようですが、あなたのご質問に対して「哲学の見地から」何の示唆もできない、と言うほかありません。哲学は人を救えないものです。正確に言えば、世界とは、私とは、時間とは、善悪とは、何か分からなくて悩んでいる人をある程度救えますが、幸福になりたい人を救う能力は皆無だと確信しています。むしろ、哲学とは不幸になってもいいから真実を知りたいという欲望をもっている人にのみ開かれている。真実は必ずしも人々に慰めや、心の平安や幸福を与えるわけではなく、逆に不安や不幸を与えるとしても、あえてそれを追究するのですから、相当ヘンな欲望ですね。

そもそも、われわれは「生きている」ことの意味が分からないのです。ですから、生きているほうが、死んでいることより「いい」ことを論証できないのです。哲学は「いかに」生きるか「いかに」死ぬかを教えることはできず（それを安直に言い出す哲学者はニセモノ）、人間が死ぬことの意味そのものを問い続けることができるだけです。私も人間ですから、直観的に「人を殺してはいけない」とか、「老人を虐待してはいけない」ということは理解できますが、さらに「なぜ？」と問うと途方に暮れてしまいます。まさに、ここに問題を見出す人のみが哲学に突き進むのであり、そんなことは何の問題でもない、目の前に苦しんでいる人がいれば助けるのがあたりまえではないか、という考えの人は決して哲学の門には入らないでしょう（哲学に反感を覚えるでしょう)。

ですから、重ねて言いますが、今回のご質問に対しては、私の哲学者としての誠実さ(?)にかけて、まったく何の「示唆」も与えることはできません。前項の相談のように、ある程度気楽な質問には、哲学的見地から「自分がまもなく死ぬことをごまかさずしっかり見据えよ」という方向で対処できますが、あなたのような質問に対しては、何の答えも準備できない。あなたはもう十分(自他の)死に向き合っているのですから、哲学者としての私なんぞが出る幕はないのです。

Q 親の熟年離婚を回避させるには?

私は、二十八歳のサラリーマンです。父は五十九歳で、母は六十二歳です。最近生活も安定してきたのでひとり暮らしを始めようと考えているのですが心配なことがひとつあります。父は来年定年を迎えますが、母が父と二人きりになる生活を嫌がっているのです。元々、父は出不精で趣味もなく、家事を手伝うこともありません。母は「女中のような生活を一生送るのか……」と嘆いております。現在、まだ私が同居しているため、母の愚痴を聞いたり慰めたりすることができるので、母も助かっているようですが私がいなくなると話し相手もいなくなり、鬱屈した毎日を送るのではないかと心配しております。私は両親に熟年離婚など本当にして欲しくないのですが、「二人の人生なので仕方ない」と割り切り、自分の生活を優先するべきなのでしょうか？　ご指南をお願い致します。

Ａ　母親とは「これが人間か？」と疑いたくなるほどのすさまじく劣等な生物です

本当に「親」という人種の愚かさはどうしようもありませんね。とくに母親は「これが人間か？」と疑いたくなるほどのすさまじく劣等な生物です。まさに怪物ですね。私の母親は七年前に死にましたが、死ぬまでずっと愚かでしたし、歳取れば歳取るほどその愚かさは増していきました。若い人の人生相談を時折受けますが、一番彼らが悩んでいるのは、親との関係であり、親の「処理の仕方」です。とくに私の母のように、自分が「愛されなかった」あるいは「不幸だった」と思い込んでいる人の老後はどうしようもない。周りの人間すべてを不幸に陥れるまで執拗に不平を語り、愚痴を言い、泣き言を繰り返します。

あなたのお母さんがそれほど愚痴を言い、お父さんと二人きりになるのを恐れているとすれば、その責任の大半はお父さんにありますから、お父さんが「どうすべきか」考えるべきではないでしょうか？　あなたも立派に（？）ここまで育ってきたのですから、二人の老後はもう二人にまかせたらどうですか？　推察するに、お母さんの愚痴に付き合うことがそれほど苦痛でないとしたら、（その愚痴の大半がお父さんのことにちがいないので）あなたもお父さんに不満を抱いているからではないですか？

私の信条なのですが、人は「犠牲的精神」をもって生きると、結局犠牲を払わされた相手を憎むことになります（あなたの場合ご両親）。そして、あなたも生産性のまったくない愚痴の仲間入りをして、そのまま歳取っていく。そんな人生は真っ平なのではありませんか？

これも私の人生観なのですが、まず子供が親を断ち切らなくては何の解決も生まれません。一時的に残酷に見えるかもしれませんが、長い眼で見ると、それが親の「成長」のためにも一番いいのです。まず、あなたが幸福になるように邁進すること。それより親の幸福を優先せよという親など、蹴飛ばしていいのです。子供に甘える親、執着する親に「優しく」付き合っているうちに、今度はあなたがそういう親になってしまいますよ。

どこかで親という怪物の影に怯えて生きるという生き方を断ち切りましょう。そして、親のことを完全に忘れましょう。まあ、これだけ言っても「それはできない」というのなら仕方ないですけれどね。親の奴隷として生き、そしてちょうどあなたのお母さんのように、愚痴を繰り返して生き、そして死ねばいいと思います。

Q　借金を重ね続ける友人に会社をたたませるには？

私の六十三歳の友人について相談です。その友人は早期退職をし、借金をして新たに運送会社を起業、この十年間見果てぬ夢を追いかけています。

夢を追いかけるのは、いいことだと思うのですが、そのために借金だけが膨らみ（なんと億単位）、もう後には退けない状況になっています。

私たちは、一刻もはやく会社をたたむべきだと忠告しているのですが、本人は「まだ可能性がある」とか「会社を成功させることが夢だ」といって聞きません。夢と現実の見境がつかなくなっているように感じます。彼の会社の人間は、成功を信じ切っているのか、狂気にふれているのか、会社を倒産させせないようにしています。彼はこのような負のサークルや社員のなかで正確な判断ができないようになってしまったと思います。彼を目覚めさせるにはどのようにしたらよいでしょうか。

A　あなたは、彼の人生を丸ごと面倒見られますか？　できないなら黙っていることです

今回でこの人生相談も終えることにします。つくづく他人の人生についてあれこれ口を挟む資格が私にはない、と悟ったからです。というより、私は他人の人生には心底無関心なのだと改めて悟ったからです。二十回の人生相談において、（相談を持ち込まれた方には申し訳ないのですが）ただの一回も「親身になってあげる」ことはありませんでした。いずれも、「勝手に生まれさせられ、そしてあっという間に死んでいく」というわれわれだれもが陥っている不条理に比べたら、些細な問題に見えましたし、たとえそうでないとしても、「私は」――アレコレ小賢しいことを書いても――結局は何の力にもなれないと痛感しました。

というわけで、今回のご質問も、抽象的なお話で事態がよく呑み込めませんが、そしてどういう友人関係なのか知りませんが、その友人は「見果てぬ夢を追いかけたい」のですから、仕方ないんじゃないでしょうか？　たとえ一億円の借金があろうと、それでも諦めないのですから、そしてその「夢」を支援している人々もいるのですから、仕方ありません。

そのために被害者が続出し、彼がついに後悔して自殺しても仕方ありませんね。なにせ、もう六十三歳なのですから。すべては自己責任です。

とはいえ、友人として彼を「目覚めさせたい」なら、ヤワなやり方では駄目です。会社をつぶすように（どうやるかは知りませんが）積極的に動き出すべきでしょう。あるいは、彼のことは念頭から追い払って自分のことにいそしむべきでしょう。友人とはいえ、他人のあなたがなぜそんな男のことを心配するのか不可解です。

私が大嫌いな言葉の一つに「お前のためを思って」というのがあります。こう語る人はひどく傲慢ですね。彼はどんなリスクをしょっても「夢」を実現したいんですから、あなたに具体的に被害が及ばないのなら、それでいいのではないですか？　あなたが大奮闘の末に彼を「目覚めさせた」としても、彼があなたに感謝するとは限りません。あなたは、その後の彼の人生を丸ごと面倒見てあげられますか？　彼の「夢」に代わるものを見つけてあげられますか？　できないでしょう？　できないのだったら、黙っていることです。どうせ、彼ももうじき死んでしまうのですから、無謀な夢に生きるのも一つの生き方くらいに思って。

「対談」という気晴らし

意思は疎通しない（＋パックン）

パックン　本名パトリック・ハーラン。コメディアン、俳優。一九七〇年、アメリカ生まれ。

パックン　今日は先生のご専門の哲学について伺いたいと思います。

中島　さて、困った質問ですね……。そもそも哲学とは明治時代に"philosophia"を訳したものなのですが、これは誤訳です。"philosophia"は本来「知を愛する」という意味で、「愛知」が正しい訳になります。

パックン　愛知県民は皆、哲学者？

中島　「愛知」とは「知がないから渇望する」こと。行動的に、実践して知を渇望することです。ところが、日本は開国したときにヨーロッパからいろんなことを学ぼうとしました。哲学の「哲」は基本という意味ですが、当時はエリートにとっての基本の学とみなされたのですね。

パックン　本来は「知を渇望する」という"philosophia"が、日本に紹介されるときに「国をリードする」学問とごちゃまぜになったわけですね。

中島　中国の孔子や老子のことを哲人と呼びますよね。さらに、それと同一化してしまったのでしょう。哲人とは道徳観の強い人や人格者のことを言いますが、それと"philosophia"を追究する人を一緒にするのはまったくの間違いです。

パックン 哲学に対するボクのイメージは「知を求める」というよりも「世界の見方を考える」学問です。哲学者を訳すとphilosopherと日本の辞典にはありますが、この単語には「仙人」みたいな、山に閉じこもっている人のイメージがある。どこか諦めた感じもあります。

中島 その通りです。"My major is philosophy." とは言いますが、"I'm a philosopher." とは言わない。あえていうなら "scholar" でしょうね。

パックン 同じく、大学で宗教を研究する人は宗教学者であって宗教家ではありません。哲学が知を渇望し行動して実践することであるならば哲学を追究する人は哲学家というか愛知家であって哲学者ではないんですね。では先生にとっての哲学とは？

中島 それも変な質問です。

パックン すみません。ですが、哲学を先生の主観で捉えるとどういうことになりますでしょうか？

中島 言語を正確に語ることです。哲学とは、厳密に言えばヨーロッパ人の思考方法であり、日本の伝統には合いません。言語活動に対する態度がヨーロッパ人とは全く異なるからです。そういった異質な、ヨーロッパ起源の言語活動をしているのが日本の中では法廷と哲学です。

パックン 国会もそうですよね。「なあなあ」な日本人には「異議あり！」なんてなじまないと思います。

中島　頭の中は人権や個人主義などヨーロッパ的なものを学んだつもりでいても、日常生活はついていかない。よくヨーロッパの“decisionmaking”（意思決定）は法廷モデル、日本は料亭モデルと言うでしょう？　だから言語を正確に言う“philosophia”は日本では嫌われるのですよ。

パックン　大学の中でも哲学を追究するのは難しいですか？　教授会とかでもダメですか？

中島　教授会など全くダメです。ですから、私にとっての哲学とは日本社会が嫌う言語活動をすること。「なあなあ」を好む日本社会から考えれば犯罪的なことです。

パックン　今の時代には先生のお考えになる哲学は必要ですか？

中島　どの時代にも、実はいらないものです。哲学を追究するとソクラテスのように殺されるか、ニーチェのように気がふれるかのどちらかですから。

パックン　でもルソーなど革命の原動力になることもありますよね。

中島　それは思想史家があとから決めたことです。哲学とは前提から疑うこと、自分の言語だけによって最後まで詰めて疑うことです。哲学は、どんなに不幸になっても真理を求めるのです。命よりも真実のほうが大事で、嘘に寛大な日本社会にはなじみません。

パックン　確かに日本人は世界一嘘つきというデータを見たことがあります。社交辞令を含めて、でしたが。

中島　カントは善意の嘘がいちばんいけない、いちばん自分の精神が腐ると言っています。

パックン　とすると、先生ご自身の人生の中で哲学を追究することは難しいのではありませんか？

中島　ええ。嘘をつくのはイヤですから、結局、人間社会から離れることになります。私は十年前から冠婚葬祭の類はいっさい行っていません。「素晴らしい結婚式ですね」などと嘘をつくのはイヤですから。

パックン　ははは！

中島　年賀状も出しません。「ご家族のご多幸をお祈りします」など祈ってもいないのに書きたくないのです。

パックン　ええっ！　ちょっとくらい祈ればいいじゃないですか！

中島　祈りません。ここで譲歩したら哲学ではなくなりますから。

パックン　なるほど。知を渇望する、つまり哲学を追究していくと行動も変化していくわけですね……。

中島　だから、他の人の家に招待されるのもイヤです。「まずい料理ですね」「バカな子どもですね」とは言いたくないですから。

パックン　だったら、もう少し趣味のいい人と付き合えばいいのでは？

中島　ですが、目につくのは悪いところばかりなのです。

パックン　ところで、先生は英語とドイツ語がお得意なのですか？

中島　ドイツ語のほうがいいですね。英語には苦手意識があります。Japanese Human Relations

の授業は英語で教えていますが……。

パックン　暗黙の了解などを嫌う先生が？　どういう内容ですか？

中島　留学生に日本文化を教えています。文化的な事柄はルールとして知っておく必要はありますから。

パックン　知ったうえで守らない人もいますが（笑）。でも日本人は、文化的なルールを守らないガイジンに対して寛大ですよね。

中島　それは一種の“discrimination”（差別）です。だから、私は留学生に対しても本当のことを言います。留学してくる人たちは秀才ですから、ついきれいごとを言いがちなので「反日デモについてどう思うか、嘘をつかないでください」などと聞くわけです。

パックン　日本人同士も本当に思っていることを言えないので、先生の行動は解放感を覚えそうですね。ただ、思っていることを口にすると上司などに伝わって関係がまずくなるとおびえる人も多そうですが……。

中島　社会生活を送るうえでは、演技として何でもできないとダメです。こういったことを学んだうえで、反対するならすればいいのです。

パックン　それはわかりますけど……。先生、口論とか強そうですね。

中島　はい、粘着力がありますから勝ちます。先日もポーランドでフィルムを購入したとき、出口で「ピーッ」と警報機がなりました。店員が出てきて「ＯＫ」というので、私は「ＯＫではない。非常に不愉快だ。なぜこうなったのか説明しなさい」と抗議しました。

パックン ただのクレーマーと思われませんでしたか？

中島 どう思われようが関係ありません。自分の不快感を明確にする必要があります。私は泥棒ではないのですから、がんばらないといけない。

パックン そこまで自己主張できるなら英語コンプレックスも脱出できているのではないですか？

中島 いえ、脱出はできていません（笑）。以前、ニューヨークへ行ったときも「昨日ニューヨークに来たのだから、もっとゆっくり喋ってください」と訴え続けました。ほら、向こうの人は二ドルのことも"two"と言って"two dollars"の"dollars"を省略するでしょう？　あれは困りますね。

パックン ボクも来日したころ「主語をつけてください」とお願いしてました。「コンサートに行きますか？」と言われると「あなたはコンサートに行きますか？」と言え、と。

中島 だから国際会議でも母語が英語の人たちは短いセンテンスでゆっくり話せと主張しています。そうしないと、母語が英語でない人たちにとって平等ではありませんから。

パックン それは英語をエスペラント語のように捉えた場合ですね。

中島 そうです。コミュニケーションツールとして考えれば何しろ通じればいい。つまり、英米語ではなく国際語としての英語です。これを私は鈴木孝夫さんにならってEnglicと呼んでいます。言いたいことがしっかり伝わればこれで十分です。

パックン 同感です。では、英語コンプレックスを脱出するにはどうすればいいのでしょうか?

中島 英語は特別に尊敬すべきものではなく、道具の一つだと理解することです。ある国の言葉を尊重することは他の言葉を軽んじることになりおかしい。英語ができなくてもポーランド語やオランダ語ができればいいんですよ。

パックン でも国際社会で意思疎通を図るためには、やはり英語ができないと不利ではないでしょうか?

中島 だから、徹底的に実利的視点からやればいいのです。それにそもそも意思疎通など不可能で「通じるわけがない」と思えば楽です。実際、意思疎通などできないと知っているからこそ、私は努力しています。

パックン 開き直りというか、何事に対してもオープンマインドで行け、と。

中島 そうです。対立を避けてはいけません。哲学をやってよかったのは人間がわからないということがわかったことです。なぜ模範的な市民がユダヤ人を虐殺できたか。哲学とは「なぜか」を考え続けることです。

パックン 今日は「現代には哲学が必要だ」なんてオチになるかと思ってきましたが、ボクが浅はかでした。

中島 ははは。そのようですね。

怒りにどう向き合うか？（＋宮子あずさ）

みやこ　あずさ　看護師、著述業。二〇〇九年四月からは大学院に在籍しながら、精神病院でのパート勤務。一九六三年、東京生まれ。

職業としての〝演技〟

宮子　私は東京厚生年金病院で看護師長の職に就き、緩和ケア病棟と精神神経科の二つの病棟を兼任しています。この二つの診療科目に共通するのは、いわゆる「癒し」を求めてくる患者さんが多いこと。精神的なケアを求められ、患者さんの感情と向き合うほどに、自らの感情を揺さぶられ、タテマエだけではやっていけない気持ちになることが増えています。

中島　私は電気通信大学の人間コミュニケーション学科で「コミュニケーションがいかに難しいか」に取り組んでいます。現在の「コミュニケーション論」は、「どうすればうまくコミュニケーションできるか」という切り口が多いようですが、私はその反対で、ディスコミュニケーション、つまり「いかにズレるか」という部分を正確に見ていこうと。これは私自身が苦労してきた問題ゆえに、私の哲学の核でもあります。

宮子　ナースという職業は、人をケアするという仕事の性質上、怒りを感じる場面は多々あったとしても、その感情の処理が難しい立場にあります。中島先生はナースと接した際に、感情処理という面で何かお感じになったことはありますか？

中島　私は母を五年前、父を八年前にそれぞれがんで亡くしています。私たちはわがままな患者とその家族でしたから、基本的にナースに対して「そこまでしてくれるのか」と感謝しました。ただ、母が亡くなる少し前の医師の対応の仕方が非常に失礼で、本人の前で「もうだめだ」ということを示したり、今晩あたり危ないという時に、その医者とナースが傍らできゃっきゃっと騒いだりする場面に出くわし、不愉快な思いをしました。「ご愁傷さまでした」の三十秒後に廊下ですれちがうと、仲間とケラケラ笑っているナースもいた。患者に対してどこまで感情移入すべきなのか、それは大変難しい問題です。すべてに誠実である必要もない。でも、せめてその状況においての最低限度の〝演技〟はしてほしかったと思います。

宮子　〝演技〟については悩むところです。先生の体験とは反対の話になりますが、多くのナースは気が付くと心の底から「何とかしよう」と思っては、それができず挫けてしまいます。私が新人の頃、他の病院に勤務している後輩が、人工肛門になった患者からパウチを投げつけられた話をして、「患者さんはつらいんですね」と笑顔で言ったんです。この時私は「この自然のやさしさにはかなわない」と思いました。

中島　私の場合、ナースに「真のやさしさを示せ」といった過大な期待はしません。それよりも患者や家族のわがままのほうが問題でしょう。ナースも人間ですから好きと嫌いをあいまいにして、すべての人に好意的に接しようとしてもくたびれてしまう。たとえ嫌いでも好きな振りをする。演技＝アクティング。それでよいと思います。

宮子　相手の望みが高い場合も多いのです。末期がん患者さんのご家族から「患者を前向きにしてくれ」と依頼されます。体が侵されても、心までが侵されることはないからと。これは患者にとって酷な気がする。いまのお気持ちを受け止めてあげたほうがいいんじゃないか、とアドバイスをしますが。

中島　私のところには「生きづらさ」を感じている全国の人たちから手紙が来ますが、そのほとんどが神経科に対する反感を持っているんですよね。結局は自分の話を聞いてくれないと。彼らは精神が研ぎ澄まされており、医者や看護師がただ仕事上で話していることだとわかってしまうんです。先ほどアクティングで良いと言ったけど、適性というもの、学んでも学びきれないものは当然あります。その人の近くに行くとほっとするとか。

宮子　そうですね。だから私は先ほどの寛大な後輩がうらやましくてなりませんでした。彼女の「堪忍袋の先天性肥大症」にはかなわないなと（笑）。私はその逆。堪忍袋が小さい分、一所懸命考えて許すしかないんですよ。

中島　それでいいんじゃないでしょうか。

宮子　ええ、最近やっとそのことが認められるようになりました。それでもやはり〝天然モノ〟

にはかなわない気がしますが……。

中島　でもその「天然」を持たない人は演技しかないわけで、それすらしないよりは、演技をしたほうがいいわけです。

宮子　二の手、三の手があるということですよね。そう言っていただけると気持ちが楽になります。

怒りを表明する役どころがほしい

宮子　現場で腹が立っても、怒らずに済ませてしまういちばんの理由として「自分もその立場だったらやるかな」と思える場合もあるからでしょう。緩和ケア病棟への紹介状には「患者さんは納得している」となっているのに、実際は納得していない。転院させたい医師の本音が見えて腹が立つのですが、私も逆の立場だったらそう書くかもと、ついつい怒りを引っ込めてしまいます。

中島　私はそこで怒りを引っ込めることはありませんね。大学という組織の中では、いまや思ったことをそのまま言っても認知されています。どのセクトにも属さないから、敵もあまりいない（笑）。やりたくないことをやりたくないと言って認知されているので非常に楽。「あなたが嫌いです」と、人が言わないことをあえて言う。すごく偏屈ですから、人間嫌いですからと。そこをはっきり言うのが私の社会的役割でもある。そうすると面白いことに、学生たちが集まるんです。

強制的にみんなと一緒にやるのは嫌いだけど、自然発生的に集まるのは好きですから。そうやって自分自身がやりたいことだけをやっています。

宮子 看護の世界でそういう役どころの人がいればいいのですが。

中島 著作を拝見して、宮子さんは近いと思いましたが。

宮子 確かに、好きなことを書いて自由な言論活動をやらせてもらっています。

中島 宮子さんの筆致は自己肯定的だから気持ちよく読めました。謙虚に見えてあまり謙虚でない(笑)。こういう役割は必要だと思いますね。

宮子 中島先生はご自身の足場をちゃんと見つめたうえで演技をし、役割を演出していますよね。何が見えて何が見えてないとか計算されています。その足元にも及ばないけれど、私も「自分はこれが正しいと思う」という書き方以外に「こういうことを考えるヤツがいてもいいかな」というバランスで書いています。

中島 私も本をこれまで三十六冊出して、それだけの数の考えを表明していれば、反感を買うこともあります。本を書くこと自体が遊びに見えている人もいる。そうしたマイナスの視線を感じるからこそ、仕事は人並み以上にやらなくてはと思っています。

宮子 幸いなことに私の執筆活動は温かく迎えられていますが、そこにちょっとでも甘えたら絶対にだめだと思っています。

怒らないでいると、大変なことに……

宮子　もともとの性格なのか、職業上身についたものなのか、怒らなくてはならない場面で怒れないナースは多いんです。それによる弊害でしょうか、後でキレてしまう人もいます。

中島　怒りを溜めておくのはよくない、小出しにしていくべきです。積み重なるとルサンチマンになってしまう。結局自分がいちばん傷ついてしまうんです。

宮子　最近は施設内の虐待の問題も出てきていますが、あれも不快だった時に少し表出する訓練をしておけば、違ったかもしれません。

中島　私も表出する技を人に教えられたわけではない。ウィーンで暮らしていたことがあって、そこでは物事をはっきり言わなければ次の日生きていけないからそうしてきました。私は学生たちによく言うのですが、人の前でしゃべったこと、表明したことは、どんなばかげたことでも価値がある。なぜならば、みんな聞いているから、しゃべったことに対して責任をもたなくてはならない。ネガティヴな発言であればあるほど鍛えられます。人と同じことを言うのは楽な道。人と考え方が違うのなら、正直に「嫌です」「したくありません」と言って、まず一歩踏み出すこと。最初にそうしないと、肝心の最後でごまかすことになります。私がはっきりものを言わない人が嫌いなのは、何を考えているかわからないゆえにコミュニケーションが取れないから。その点で私は徹底的な人間ですから、怒った時には例えば、いかに怒っているか長々と手紙を書く。あなたをいかに気に入らないかを五時間かけてしゃべる。それは多分に「演技的」であるわけですが。

宮子 先生はその「怒りの演技」を長年やってらっしゃるわけですよね。自分の中でマンネリ化することはないんですか？ 型が決まってきてしまうとか。

中島 ありますね（笑）。相手のさまざまな反応にも慣れていますから、何があっても驚かない。こうした怒りの演技というのは、実は自分自身に他人に対する恐怖感があるから過剰防衛している結果なのですが。怒らなくて済む人はそれで幸せですけれど、私は不幸だったから。普通の人以上にいろんなことを学んでしまいました。

自分を知って、怒りを操る

中島 怒りの演技と同様に「悩む自分」が滑稽に見える、という視点は大事です。哲学をしたり人が悩む姿は、端から見ると滑稽なんです。電車の車掌さんに、「車内迷惑防止週間です、という車内放送が一番迷惑なんですが」と言ってしまう自分の行為におかしくなることがありますよ。自分はそれが嫌でたまらなくて苦しいし、正しいと思っても自信がなくなることもあるし、迫害されるとよけい敏感になってしまいます。それをそのままにしていくと、いずれ大きな爆発になるから、小さな不満をいちいち切り捨てる技として〝滑稽化〟を習得したんです。

宮子　客観性ですよね。自分自身をみて「へへへ」と思ったりするもう一人の自分がいる。病院って会議が長いんですよね。座っているのがつらくなると「全裸になって出て行っちゃおうか」なんて考えることがだんだん妄想的になったりして（笑）。私、辞める時はきっと玄関から出て行けないでしょう（笑）。

中島　私は喧嘩っ早いと思われていますが、これも演技的にコントロールしているのです。もともとキレやすかった性格で、がんばって我慢していた。でも自分とまったく逆の演技をしても必ず見破られます。自分の本当のネイチャーと言うものを一度否定して、また元に戻り、再構成して「怒る演技」を獲得し「怒らない技術」へもっていく。これによって怒りを自由自在に操作することができるというわけです。

宮子　ある病院で「患者さんの悪口は一切禁止」というルールを決めたら、カウンセリングに通うナースが増えてしまったそうです。やっぱり仲間でネガティヴな気持ちを少し「ガス抜き」できて、それが表に出ないようにする場は必要じゃないかと思うのですが。

中島　そうですね。私の場合はわりと気楽に考えていて、いま勤めている大学がなくなってしまってもいいと思っているんですよね。いつも授業中にそう言っています。病院だってなくなったら、ほかの病院に行けばいい。ナースにきわめて負担がかかっていると感じる時は「私がナースをやらなくてもいい。ほかの人がやればいい」と、自分の言葉で「ぐれる」ことが効果的ではないでしょうか。何もその人の天職だと限定して考えないほうがいいと思います。

宮子　ある研修の講師をした後で、研修生の一人からメールがきました。「ナースって特別な仕事なんでしょうか？　私はＯＬとぜんぜん変わらないと思います。宮子さんだったら分かってくれると思うんですが、どうでしょう？」という内容。「私もたまたまナースになったのだし、特にほかと比べて特別な仕事ではないと思う。でも人って誰もが、自分の仕事は特別な仕事だと思いたい瞬間がある。その瞬間があるという意味でもやっぱり普通の仕事だと思う」と返したら、「ほっとしました」という返事が来たんです。ナースはいわゆる普通のＯＬとは違う仕事なんだから、責任感を持ってやれと言われた時、彼女は「ほどよくあまのじゃく」だったわけです。そういう感覚って大事かなと思います。

中島　人間はもうすぐ死んでしまう、何も分からないうちに死んでしまうという視点に立てば、世の中どうだっていいわけですよ。

宮子　看護学生に「どんな看護をやりたいですか」と聞くと「心の看護をやりたいです」というようなことを言います。これを大切な初心として、学生に学べという雰囲気が看護の世界にはありますね。でも私は思うんです、「ふふふ、青いな〜」と。そういう大人の雰囲気が看護の世界にあったらいいなと思いますね。

中島　看護職が深刻な職業であるからこそですね。怒りという感情を操ることで、他人が持っている固定的な〝白衣の天使〟というイメージを、常に否定していく。でも仕事はちゃんとしますよと。人間は多面的なんです。今日はいいけど、明日は調子が悪いかもしれない。そんな人間のアヤを見抜く力が必要なんです。私がいちばん嫌いなのは、人間の見方が怠惰な人です。そうならないためには、「怒り」という感情を見据えることはもちろん、普段からいろんな物事をよく観察して、言語化して、考えていくことが必要ではないでしょうか。

宮子　今日はどうもありがとうございました。

騒音撲滅、命がけ（＋呉智英）

くれ　ともふさ　評論家。京都精華大学客員教授。一九四六年、愛知県生まれ。

中島　今日ここ（対談会場のホテル）に来る途中、動く歩道に乗りました。するとものすごい音量の電子音とともに、「足元にお気をつけください」「お子様の手を離さぬようご注意願います」「あと〇〇メーターで終点です」……と、ひっきりなしに放送が流れる。私が「管理騒音」と呼んでいる、「アアセヨ、コウセヨ」という放送が、電車の中、駅のホーム、公共施設と、日本のあらゆる所に溢れています。そのソフトな命令が私はたまらなく苦手で、普段は街中を歩くこともできない。今日も百メートルでもよっぽどタクシーに乗ろうかと思いましたが、戦闘的な気分の方が対談にはいいだろうと思って（笑）、あえて騒音に耐えながら歩いてきました。

呉　本当に「余計なお世話だ」と怒鳴りたくなります。けど、相手はいかんせん機械ですからね（笑）。

　私の住む、愛知県西枇杷島町（現・清須市）は人口一万七千人ほどの静かな田舎町でした。昨年（二〇〇一年）六月の早朝、私は突然「ピンポンパンポン」というけたたましいチャイムで叩き起こされました。何事かと思えば、一昨年九月の東海豪雨をきっかけに町内に二十六基もの

「防災放送塔」が設置され、そのテストだという。テストなら一回限りかと思えば、さにあらず。夕方六時には今度は、大音量でドボルザークの『家路』を流し始めた。

中島　ああ、ゾッとします。「子供は早く家に帰りなさい」というわけですね。

呉　そうです。この放送が、日曜・祭日問わず大晦日、元日でさえも連日続く。私は老親の介護のために東京から故郷の名古屋に戻ったのですが、いまだに東京の大学でも毎週教えていて、その時の帰宅は深夜十二時近くになります。徹夜の原稿書きに備えて、夕方仮眠をとることもある。ところが放送塔は家から二百メートルのところに二基ありますから、朝七時と夕方六時の放送で否応なく叩き起こされる。これはたまらんと役場に駆け込んだところ、「毎日テスト放送を聞かないと不安なお年寄りもいる」と、頑として聞く耳を持たない。だいたい毎日テストしないと故障が心配な機械なら、設置する意味がない。

中島　私が参加している「拡声器騒音を考える会」のメンバーに、埼玉県でチェンバロを製作している方がいます。楽器の調律は耳が命ですが、彼の住む町の防災放送はすさまじいものだったそうです。「ただ今大雨洪水警報が発令されました。下校途中の子供たちは、近くの家で雨宿りをしてからお帰りください」「最近、家庭の浄化槽の点検をよそおって法外な料金をだましとる人が続出し、被害を受けた方がいます」「本日行われた町議選の開票結果をお知らせします。×××五百九十票当選……」。こうした無意味な放送を、聞きたくない者も強制的に聞かされなくてはならないのです。

呉　防災放送を口実にした住民管理を感じますね。緊急時の避難を呼びかけるのだけが目的なら、テスト放送はせいぜい月一回で充分のはずです。そう役場に掛け合ったら、担当者の答えがふるってました。「朝の放送は、お母さんが朝食の準備をするまな板の音のようなもので、朝起きる目安である」「夕方の放送は、子供が犯罪に巻き込まれないための帰宅の合図である」。

夕方六時にドボルザークを放送したら、子供が犯罪に巻き込まれないという論拠がどこにあるのか。万全を期すなら、深夜一時にも放送を流すべきではないか。さらにそう問い詰めると、「あんたは理屈ばかり言う」（笑）。逆に言えば、役場は「理屈に合わない行政をしている」ことになりますが（笑）。

「お前が一番うるさい」

中島　私は普段使う京王電鉄や行政にずっと個人的抗議を続けてきましたが、窓口の人は必ず「個人的には中島先生のおっしゃることはよくわかります。しかし、私も組織の一員ですから」と言う。では、責任者はいったい誰なのかと突き詰めていくと、よくわからない。それでもしつこく追及していくと、ついには窓口の人も、「みんながあなたみたいにものわかる大学教授じゃない。噛んで含めるように放送して貰わないと分からないお婆ちゃんもいるんだ」とキレてしまう。要するに、「お前がいちばんうるさい」と言われてしまうわけです（笑）。

呉　私の場合も、役場の決まり文句は「そんなことを言うのはあんただけだ」。しかしそれはウソで、他にも何人か抗議をした人がいました。そのおかげで、最近では朝の放送だけはなんとかやみましたが、夕方のドボルザークはいまだに続いています。やむなく昨年十一月、放送差し止めを求めて名古屋地裁に提訴しました。役場も最初は「隣町もやっているから、放送を聞かせてやろう」という「無自覚な善意」の住民サービスだったのでしょうが、こうなるともう役場のメンツです。町長は新聞に「腹をくくって対処したい」と意味不明のコメントをしました。何を、どう腹をくくるんだか（笑）。

中島　二十年ほど前に茨城県で放送塔の差し止め請求が行われましたが、その時は住民側が敗訴していますね。

呉　公的な必要性に対して住民はある程度我慢しなければならないという、いわゆる「受忍限度論」の理屈ですね。しかし、パトカーや救急車がサイレンを鳴らすのと違って、防災放送塔による「住民管理放送」はまったく意味のない押し付けです。私の裁判は、それこそ中島さんが『うるさい日本の私』で問題提起された「音による管理社会」の公害に、日本中広く関心をもってもらいたいという狙いがありました。

中島　提訴後の周囲の反響はどうでしたか？

呉　保守的な土地柄ですから、それなりの風当たりは覚悟していました。八十歳になる老母などは、「怖くて役場に年金を取りに行けない」と怯えていたほどです。しかし意を強くしたのは、提訴後のマスコミの反応が想像以上に大きく、みな好意的だったことです。また、地元住民から匿名も含めて二十件ほどの電話があり、うち一件だけが「朝の放送はもっと早く六時にやってもらいたいぐらいだ、住民運動なぞやめろ」という嫌がらせで、あとは応援ばかりでした。だいたい私は住民運動などメンドクサイことはやる気がないんですが。

中島　その一万七千人のうちの二十人を多いと見るか、少ないと見るかですけどね。私も『うるさい日本の私』を出した時に、ジャーナリズムの反響が余りに大きかったので驚いたのですが、結局は街の騒音はまったく変わらない。五〜一〇パーセントのインテリ層は問題意識があっても、残りの大多数はまったくの無関心です。そして役所は、その「サイレント・マジョリティー」の意向で動くものですから。

呉　なにも中島さんが役所の代弁をしてやらなくても……（笑）。

外へ一歩も出られない！

中島　私は呉さんのように社会的関心はないので、裁判に訴えるつもりはありません。あくまで「私が」住みにくいから、徒労覚悟で闘争を続けている。

たとえば隣町の千歳烏山商店街がたえまなく消防署や警察からの注意、宣伝、挨拶のスピーカー放送を流していたので、世田谷区長に長々とした手紙を書き、やめさせました（また復活しましたけれど)。仙川商店街の西友ではかつて表へ向けて「いらっしゃいませ、いらっしゃいませ」と、五、六個のスピーカーから猛烈な音を出していましたが、抗議の結果なくなりました。調布駅構内の精算機から発する「ありがとうございます。自動改札をご利用ください」というテープの音量も、大幅に絞らせました。こうして私の家と勤務先の大学のある調布駅周辺だけは静かになってきたんです。

ただその代償として、調布駅から大学までまっすぐ歩いて通うことができなくなった。なぜなら、私が喧嘩してぶっ壊した店がたくさんあるから(笑)。最近は、全部喧嘩していると大学に着かなくなっちゃうので、タクシーで通っています。

呉 ハハハ。中島さん、けっこう好戦的ですね。

中島 ある時、いくら言っても音を下げてくれない酒屋のスピーカーを盗んだら、向こうが追っかけてくるので、馬鹿馬鹿しいからそれを民家の庭に投げ捨ててしまったことがあった。そしたら学長から電話があって、「先方が被害届けを出して、調布警察が動いていますよ」。

呉 逮捕されたら、それこそ最高裁まで行って法廷闘争じゃないですか(笑)。

中島 面倒くさいから三万円で弁償しました。喧嘩するたび、空しくなりますよ。タバコの害や痴漢の被害は広く認知されているのに、スピーカー騒音の場合は、それが問題だということさえ認識されない。私がいくら苦痛を訴えても、「そんなに過敏になるあんたの方がおかしい」ということになってしまう。そりゃ、おかしいのは自覚していますよ(笑)。でも、私が入院したら、その費用を国が負担してくれるのか！

呉　無理でしょうね（笑）。

中島　事実、私は半病人のような生活を送っています。完全防音のマンションを仕事部屋にして、いつも耳栓をし、それでも不安だから何万円もする特殊な防音装置を据え付け、騒音の溢れている外は怖いから、一歩も出ない。床屋にも行かなければ、銀行の振込みにも妹に代わりに行ってもらう。私にとって、聞きたくない音を無理やり聞かされるのは「暴力」なんです。

呉　私も不眠症になり、通院しました。見たくないものは、目をつぶればいいが、耳はふさぐことができませんからね。

中島　そう、逃げ場がないんです。通勤に使う駅や、徒歩圏内にあるスーパーといった、選択肢の限られた、つまりは公共性の高い場所が、日本の場合はすべてうるさい。

呉　いくら私たちだって、パチンコ屋の中がうるさいから、飛び込んでいって「静かにしてくれ！」とは言いません（笑）。

中島　私たちの主張は、多数決でいったら絶対勝てません。マイノリティーへの配慮を求めていくしかない。ところがいちばんたちが悪いのが、「弱者の味方」を標榜する人たちです。共産党の宣伝カーほど、路地の奥深くまで入ってきて、大音量でスピーカーを鳴らす。航空機や高速道路の騒音にあれほど敏感な市民運動グループが、駅のエスカレーター放送や防災無線にはまったく無関心です。私はついには幼児的な「お節介放送」をもたらしている、日本社会の過剰な「優しさ」や「思いやり」こそが自分の敵であると思うようになりました。

呉　まあ、そう悲観的にならないでください（笑）。私は理詰めで行けば、勝てると思っているんですから。ある程度孤立無援の戦いになるのは覚悟していました。従来の住民運動や左翼運動のように、被害者と加害者をわかりやすく色分けして扇動するような話ではないですから。しかし、そういう枠にはまらない、納税者の異議申し立てがありうるんじゃないか。たった一人でも、論理的な正当性と法律的な立脚点に基づいて、どこまで戦えるか試してみようと思ったんです。

友人からは、「経済的にも大変だろう。よくやったな」と褒められた。たしかに最高裁まで行けば、勝っても負けても三百万円ぐらいかかります。「普通の健全な庶民は、こんなことのために三百万の金と時間を費やすだけの覚悟はなかなかないんだよ」と、その友人は言う。なるほど提訴後、「実は、私のところもひどくて困っている」という手紙を全国からずいぶん貰いました。怒りや不満があっても、なかなか訴訟には踏み切れないんでしょうね。

中島　役場の放送にみんなが文句を言わないのは、それが権力を背景にしているからだと思います。私が本を出した時も、「隣のピアノの音がうるさくて困っている」というような反響が結構あった。日本人は騒音に鈍感なのではなく、個人が発する音には不寛容なんです。

呉　隣のピアノの音は怒鳴り込むなり、交渉するなり個人で解決すりゃあいいじゃないですか。

中島　その通り。ところが、私が本当に問題にしたかった、公共の空間におけるアアセヨ、コウセヨという「管理放送」には、誰も関心を持ってくれなかった。ほとんどの人は、気にならないらしいのです。

その理由を、私は次のように推測しています。昔から日本人は、虫の音を聞き、風の音に耳を澄ませる、といったようにさまざまな自然音の中にくらしており、音に寛容な文化だったと思うんです。住居も、ソトから音が流れ込んでくる構造でした。日本人にとって自然は抵抗できないものですから、たとえば雷の音が鳴っても、耳をふさぐのではなく、その後の雨の恵みを想像する。不快な音ではないんです。

そして明治以降、役所ができ学校ができると、時を告げる鐘や、運動会の行進曲が生活の中に入り込んでくる。日本人にとって権力は自然と同じで、抵抗できないものだと思うんです。だからそうした権力の出す音も、自然音の一つとして耳に馴染んでしまう。

呉　じっと過ぎ去るのを待つわけですね。

中島　それどころか、運動会のスピーカー音が轟くと、「ああ、秋だなあ」と季節感を感じてしまう（笑）。

その一方で、われわれは携帯電話のような、私人の出す音には非常に厳しい。私は「車内では携帯電話の電源をお切りください」というアナウンスの方がよっぽどやかましいと思うけど、あれは平気なんですね。欧米はまったく逆で、携帯電話には寛容ですよ。

音の暴力に〝警鐘〟を鳴らせ

呉 なるほど。ただ、自然音と防災放送塔のような機械音では、人間の耳に与える不快感が全然違うと思うんですよ。たとえば金魚や石焼きいもといった物売りは、昔は肉声でやっていたから、人通りの多いところでは声を大きくし、静かなお屋敷町では声を小さくする、といったバランスが働いた。ところが、それがスピーカーになると不思議なことに、どんな時でも音量の目盛りを最大にしてしまうものなんです。

中島 それは同感です。私たちの「拡声器騒音を考える会」のメンバーでも、昔ながらの金魚売りの声や、豆腐屋のラッパの音がうるさいという人はいない。スピーカーになった瞬間に、嫌なんです。ところが私たち二人は五十五歳で同じ年齢ですが、それ以下の年代だと、その古典的な耳の感覚が断絶してしまっている。

たとえば「カラスの声がうるさいからなんとかしてくれ」と市役所に文句を言う人がいたり、きわめつきは京都のお寺の鐘はうるさいからといって、今や三分の一は鳴らしていないんです。その一方で防災放送塔はなんともないし、熱海の梅園に行ってスピーカーから流れる鶯の声を聞いても、「いい声だなあ」なんていう（笑）。

呉 それこそ、虫のかそけき声を聞き分けてきた日本文化の衰弱・荒廃じゃないですか。それに対してまさに警鐘を鳴らしていくのが、知識人の役割だと思います。警鐘を鳴らすといっても、本当に鐘をガンガン鳴らすわけじゃないんですが（笑）。

今の子供たちは、幼い頃から携帯電話やゲームの機械音に常にさらされ続けている。音楽学者の中には、その結果、美しい音と汚い音を区別する正常な音感が損なわれ、精神にも失調をきたす、と唱える人までいるほどです。

中島　残念なことに、ヨーロッパの街もだんだんスピーカー騒音が増えているんですよ。大きな駅には、日本メーカーの巨大な電光掲示板ができて、そこから流れる宣伝放送をみんな平気で聞いています。世界中の人の耳が機械的になりつつあるんですね。

日本の場合は、人間の喋り方まで機械的になってきた。私はあのマニュアル的な喋り方が気持ち悪くて、マクドナルドや銀行のお姉さんによく言うんです。「もっと、自然に喋ってください」って。すると、相手は絶句する。

日本は、個人対個人の「対話」が成立しない国です。どんなに私が騒音に苦しんでいるか伝えようとしても、相手は組織やマジョリティーを背景に、曖昧な笑いで「対話」を拒否します。最近はすっかり絶望して、もう自爆テロしかない、と思いつめているほどです。

呉　自爆テロもいいですが、しばらくは言論を通じて戦っていきませんか。私はどんなにうるさがられようと、最高裁まで行くつもりです。

あとがき

「気晴らし」とは、パスカルの有名な言葉“divertissement”を翻訳したものです（「紛らせること」という翻訳もある）。人間の多彩な遊びはことごとく気晴らしですが、まじめな仕事のすべても気晴らし。ノーベル賞もオリンピックも気晴らしであることはいいでしょう？　でも、同様に、必死の思いで貧困を撲滅しようとしたり、差別を解消したりする営みでさえ、気晴らしなのです。言い換えれば、この世の「悪いこと」はもちろん、ありとあらゆる「よいこと」も「役に立つこと」も、ですからありとあらゆる学問も芸術も科学も技術も気晴らし。

では、気晴らしでないものとは何か？　それはただ一つ、各人が自分の投げ込まれている「たまたまたった一度だけ生まれさせられ、もうじき死んでいく、そして二度と生きることはない」という頭が痺れるほどの残酷な状況をしっかり見据えて――これだけを見据えて――生き抜くことだけです。

えっ？　こんな本を書くことも気晴らしではないかって？　そうです。多分最も悪質な気晴らしでしょう。人生の虚しさを真に実感して生き抜くことは気晴らしではないけれど、それを語ること、書くこと、まして本にして売ることは立派な（？）気晴らしなのです。あなたが本書を気晴らしとして読み、それを通じて気晴らしでないものをしっかりつかんでくれれば、何より嬉しく思います（これも気晴らしかな?）。

二〇〇九年二月　春一番が吹いた日

中島義道

「恩師」ではない恩師　「文藝春秋」2008年9月号

生命倫理学への違和感　「情況」2006年11-12月号

「統覚」と「私」のあいだ　「情況」2004年12月号

ショーペンハウアーの時間論　『ショーペンハウアー読本』「ショーペンハウアーはカントの時間論を批判しえたか」を改題

哲学は人生を救えるか？（20の相談と回答）「dankaiパンチ」2007年8月号―2009年2月号

意思は疎通しない　「AERA ENGLISH」2006年11月号「そもそも意思疎通など不可能で『通じるわけがない』と思えば楽です」を改題

怒りにどう向き合うか？　「Nursing Today」2006年11月号「怒りの感情を見据えて、自分を知ろう」を改題

騒音撲滅、命がけ　「文藝春秋」2002年7月号

初出一覧

趣味の食卓　「つくる陶磁郎」第27号「ウィーンで楽しむ『ずれ』」を改題

半隠遁の美学を貫く　「dankai パンチ」2008年2月号

単独者協会　「文學界」2005年10月号「単独者協会？」を改題

後世に何も残したいものはない　「文藝春秋SPECIAL」2008年季刊夏号「何も伝え残したいものはない」を改題

悪が私を生かしてくれる　「文藝春秋SPECIAL」2008年季刊冬号

美しい不幸　「野性時代」2004年12月号「2004年を葬る3つの幸福論」より

おやじの思い出　「文藝春秋」2004年8月号「人を愛せない男」を改題

気になる他者、小林秀雄　「文學界」2008年3月号「厄介至極な『他者』」を改題

不遇の時に読む本　「文藝春秋」2005年7月号

私を変えた一冊　「文藝春秋」2005年11月臨時増刊号

私の血となり肉となった三冊　「諸君！」2007年10月号

若者にきれいごとを語るなかれ　「日本の論点PLUS」2008年版「若者にきれいごとを語るなかれ。人は悪と理不尽を食らってこそ成熟する」を改題

「生意気な学生」が絶滅した　「遊歩人」2004年6月号

テレビよ、さらば！　「望星」2008年2月号「感情を支配する〝異常な世界〟の不快」を改題

没落日記　「野性時代」2008年4月号

ひきこもりと哲学　「こころの科学」2005年9月号

著者紹介

1946年生まれ。東京大学教養学部・法学部卒業。同大学院人文科学研究科修士課程修了。ウィーン大学基礎総合学部哲学科修了。哲学博士。専門は時間論、自我論。「哲学塾カント」を主宰。
著書に『ウィーン愛憎』『哲学の教科書』『時間を哲学する』『人生を〈半分〉降りる』『カントの人間学』『うるさい日本の私』『愛という試練』『悪について』『私の嫌いな10の人びと』『「死」を哲学する』『観念的生活』『カントの読み方』などがある。

人生《じんせい》、しょせん気晴《きば》らし

2009年4月15日　第1刷発行

著　者　中島義道《なかじまよしみち》

発行者　庄野音比古

発行所　株式会社 文藝春秋
〒102-8008　東京都千代田区紀尾井町3-23
電話　03-3265-1211

印刷所　精興社

製本所　矢嶋製本

万一、落丁・乱丁の場合は送料当方負担でお取替えいたします。
小社製作部宛、お送り下さい。定価はカバーに表示してあります。

ISBN978-4-16-371160-7

中島義道の本

観念的生活

頭を明晰に保つには、つねに考え続けることである。ドストエフスキーを笑い飛ばし、ニーチェの矛盾を看破する哲学的思索のすすめ

文藝春秋刊

孤独について
生きるのが困難な人々へ

闘う哲学者として名を成した著者が壮絶な半生の軌跡を総括する。その悲惨な少年時代から大学でのいじめ、そして孤独との和解まで

文春文庫

'24/02/06 No.2,100